패 왕 의 별

패
왕의
별

1판 1쇄 찍음 2018년 6월 19일
1판 1쇄 펴냄 2018년 6월 26일

지은이 | 강호풍
펴낸이 | 정 필
펴낸곳 | 도서출판 **뿔미디어**

편집장 | 김대식
기획 · 편집 | 문정흠

출판등록 | 2002년 9월 11일 (제1081-1-132호)
주소 | 경기도 부천시 원미구 소향로 17번길(두성프라자) 303호 (우) 14544
전화 | (032)651-6513 / 팩스 032)651-6094
E-mail | bbulmedia@hanmail.net
비북스 | http://www.b-books.co.kr

값 8,000원

ISBN 979-11-315-9092-8 04810
ISBN 979-11-315-2568-5 04810 (세트)

패
왕
의
별

3부

[완결]

30

강
호
풍 신무협 장편 소설

뿔미디어

목차

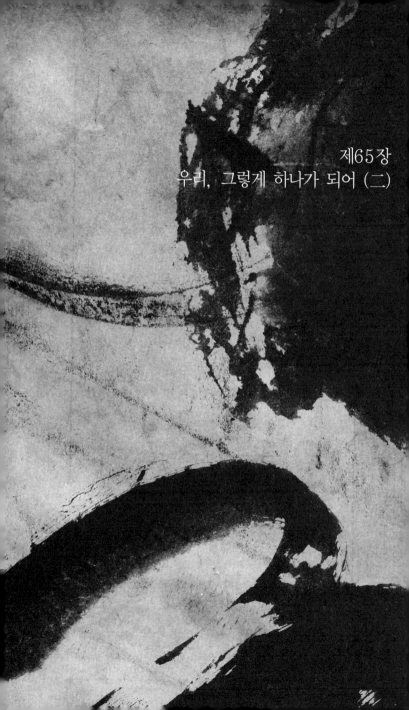

제65장
우리, 그렇게 하나가 되어 (二)

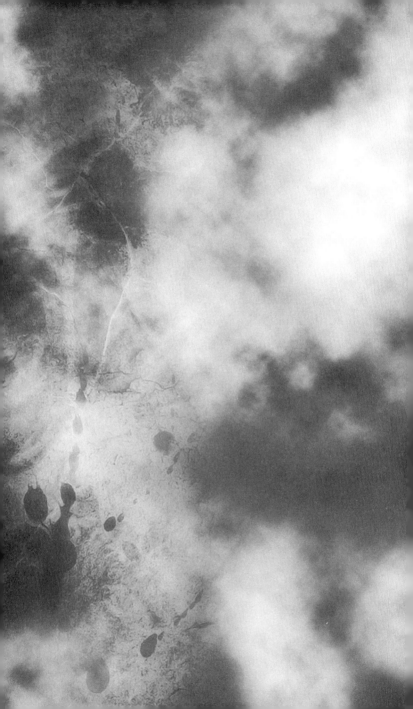

1

죽을지언정 악에 굴복하지 않겠다는 천류영의 의지가
정파인들의 눈시울과 가슴을 뜨겁게 울렸다.

"싸우자아아!"

멈춰 있던 정파 일군이 앞다퉈 호위단을 향해 뛰었
다. 천류영이 미리 지시했던 각자의 일을 하기 위해서.
마침 사파 간의 싸움을 정리한 광혈창도 힘껏 소리를
질렀다.

"가자! 마물들을 무너뜨리자!"

그의 고함에 사파인들이 쥐고 있는 날붙이를 번쩍 치켜
들며 크게 함성을 질렀다.

"우아아아아아!"

때마침 우회해 정주로 도망치는 것 같던 정파 이군이 돌아왔다. 그 선두에서 이평 문주가 목에 핏대를 세우고 외쳤다.

"공격하라! 배교의 주술사들을 모조리 쓸어버리자!"

"우와아아아아!"

광혈창을 비롯한 사파인들이 반색했다.

천류영, 그 한 사람이 일으킨 변화에 단 위의 부호들이 술렁였다.

황사의는 부친인 황전노의 표정이 마뜩치 않은 것을 살피고는 방우를 향해 외쳤다.

"지금 대체 뭐 하고 있는 거요? 상황이 이상하게 흘러가고 있는데, 지금 술이 목에 넘어가시오?"

방우는 술잔에 대고 있던 입술을 떼며 히죽 웃었다.

"후후후, 뭐가 변했단 말입니까?"

황사의 눈에 쌍심지가 켜졌다.

"당신한테는 눈앞에 벌어진 광경이 보이지 않는단 말이오? 애초에 무림서생을 너무 만만하게 본 거요. 그는 고작 오백 명으로 마교의 일만 고수들을 물리친 군신이란 말이오!"

방우는 입가의 미소를 거두지 않은 채 말을 받았다.

"아, 무림서생. 뭐, 지금 나도 놈한테는 계속 탄복하고 있는 중이오. 그러나 그뿐. 다시 한 번 묻겠소. 대체 뭐가 변했단 말이오?"

방우의 전혀 흔들리지 않는, 아니, 여전히 여유로운 표정에 황사의가 당황했다.

"그, 그게……."

"버러지 같은 것들의 사기가 아무리 치솟는다 한들, 결국 압도적인 폭력 앞에서는 굴복할 수밖에 없는 것이 세상의 이치. 두들겨 맞고, 동료들이 죄다 죽어 나가면 결국 꼬랑지를 내리며 살려 달라고 간청하게 될 테니 두고 보시오."

쿵, 쿵, 쿵, 쿵…….

여태껏 한 번도 움직이지 않은 철강시들이 비로소 움직이기 시작했다. 흐릿한 붉은 안광이 짙어지면서 다가오는 사파인들을 향해 나아갔다.

방우는 의자에 앉은 채 상체를 삐딱하게 기울이며 전면을 주시했다. 여전히 한 손에 쥐고 있는 술잔을 가볍게 흔들며.

사파인들 중 사상자를 뺀 현 전력이 오천이 조금 넘

었으니, 단순히 숫자로 비교하면 큰 차이가 나지 않는 셈.

광혈창이 선두의 철강시를 향해 단창을 냅다 던졌다.

쇄애애액!

철강시가 단창을 쳐내려 쥐고 있던 칼을 휘둘렀지만, 광혈창의 단창이 더 빨랐다. 먼저 파고든 단창이 철강시의 이마에 꽂혔다.

콰직.

몸을 한차례 부르르 떨던 철강시가 뒤로 나동그라졌다. 이것을 시작으로 사파인들과 철강시 군단이 정면충돌했다.

쩌쩌쩌쩌쩌어어엉!

"으아아아악!"

숱한 비명이 허공을 울렸다. 철강시는 비명을 지르지 않는다. 즉, 수많은 사파인들이 죽어가며 내지르는 처절한 외침이었다.

광혈창뿐만 아니라 사파의 간부들 눈이 커졌다.

사파의 최전선이 일부만 빼고 삽시간에 무너져 버린 것이다.

철강시는 강했다. 예상한 것보다 훨씬!

그것이 강시왕이 주변에 있기 때문인 것을 알 수 없는

사파인들은 이를 악물었다.

이미 충돌했다. 그렇다면 싸울 수밖에. 어설프게 후퇴령을 내렸다가는 피해가 걷잡을 수 없이 커지게 되리라.

째애애앵, 쩽쩽쩽쩽쩽!

"전선을 유지하라! 뒤로 천천히 물러나며 방어하라!"

광혈창은 앞에서 달려드는 철강시를 후려치면서 연신 외쳤다.

잠깐만 버티면 된다. 곧 정파인들이 주술사를 덮칠 터. 그때가 반격의 기회라고 판단했다. 또한, 천류영의 동료 고수들도 머지않아 합류할 것이다.

황사의는 철강시 군단의 위력에 기함했다. 철강시의 무력이 예상을 훌쩍 뛰어넘는 건지, 아니면 사파인들이 약한 건지 헷갈릴 정도였다.

그는 입술을 잘근잘근 깨물다가 검지로 주술사들을 향해 달려오는 정파인들을 보며 말했다.

"주술사들을 보호해야 하지 않소?"

방우가 고개를 뒤로 젖히며 소리 없는 웃음을 보였다. 그렇게 웃다가 황사의를 보며 반문했다.

"이젠 훈수까지 두려는 것이오?"

"……."

"싸움은 우리 몫이오. 그리고 여러분은 그저 이 무대를 즐기기만 하면 된단 말이오."

"하지만……."

황사의는 본의 아니게 말을 멈췄다. 단 아래에서 갑자기 개 짖는 소리가 들려온 탓이었다.

컹컹! 컹컹컹컹!

수를 짐작하기도 어려운 개들이 동시에 내지르는, 고막을 파고드는 소리.

침묵하고 있던 황전노가 눈을 가늘게 뜨며 물었다.

"단 밑에 개들을 숨겨두었었나?"

"다시 말씀드리지만, 여러분은 그저 즐기시면 됩니다."

방우가 술잔을 내려놓고 손가락을 튕겼다.

딱!

그러자 단 앞쪽에서 대기하고 있던 신타귀 장로가 강시견을 풀라고 외쳤다.

화라라라락!

신타귀 장로의 명이 하달되기 무섭게 높은 단 아래를 두르고 있던 천이 떨어져 나갔다.

그와 함께 단 위에 있는 부호들은 주술사들이 주문을

외우는 모습과 함께 붉은 눈을 이글거리는 커다란 개들이
단 아래에서 뛰어나가는 모습을 목격했다.

오십, 백, 삼백…… 족히 오백여 마리가 넘는 대형 살
인 병기들이 미친 듯이 내달렸다.

느닷없는 강시견의 출현.

주술사들을 향해 질주하던 정파 이군의 얼굴이 딱딱하
게 굳었다.

하지만 어느 누구도 두려운 기색을 보이지 않았다.

이평이 외쳤다.

"돌격하라!"

"와아아아!"

컹컹, 컹컹컹컹!

강시견들은 흉측한 이빨을 드러내며 빠르게 달리다가
도약했다.

획, 획획획획획!

선두에 있던 수십여 강시견들이 정파인들을 향해 달려
들었다. 정파인들은 질겁하면서도 이를 악물고 도검을 휘
둘렀다.

쩌쩌쩌어어엉!

적지 않은 강시견들이 옆으로 팽개쳐졌다. 그러나 놈들

은 곧바로 일어났다. 그리고 정파인들의 칼을 피한 강시견들은 날카로운 이빨로 목을, 혹은 다리를 사정없이 물어뜯었다.

"으아아아악!"

뒤로 자빠진 정파인들의 고통스러운 비명이 여기저기에서 터져 나왔다. 살점이 뭉텅 떨어져 나가고, 뼈가 부러지는 소리가 주변을 섬뜩하게 울렸다.

쨍쨍쨍쨍쨍!

정파인들은 미친 듯 칼을 휘둘렀다. 소름 끼치는 붉은 눈빛의 강시견들은 튕겨 나갔다가도 곧바로 살벌한 이빨을 들이밀었다.

쇄애애액! 쩡!

이평의 수제자 이수는 검으로 달려드는 강시견의 머리통을 찍었다.

깽!

땅으로 머리를 처박은 강시견이 곧바로 고개를 쳐들었다. 이수는 지체 없이 발로 마물의 턱을 날려 버렸다.

퍼억!

허공에서 빙글 돌다가 떨어지는 강시견.

이수는 놈의 숨통을 끊으려다가 무림서생의 말을 상기했다. 우리의 목표는 마물이 아니라 주술사들이라는.

이수는 앞으로 달렸다. 그와 비슷한 생각을 떠올린 많은 정파인들이 강시견들을 떨쳐 내거나 피하며 뛰었다.

기실 그건 매우 위험한 선택이 될 수 있었다. 강시견들이 뒤를 쫓아올 경우, 앞뒤로 협공을 당할 수 있을 테니까.

그러나 분명 강시견과 싸우는 동료들도 있을 터이니, 그들을 믿고 전진했다.

그러자 사파인들을 상대하던 오천 구의 철강시 중 뒤쪽의 이천여 구가 주술사들을 보호하기 위해 이동했다.

그렇게 이평, 이수와 함께 움직인 정파인들도 철강시와 충돌했다.

"으아아악!"

정파인들도 사파인들과 다르지 않았다. 충돌하는 순간부터 크게 밀리기 시작했다.

이평이 고래고래 소리 질렀다.

"버텨라! 물러나지 마라!"

철강시가 앞을 막고 있는 상황이라 반대편에서 사파인들이 어떻게, 어떤 마음으로 싸우고 있는지 알 수는 없었다. 하지만 지금은 믿어야 했다.

서로가 버텨줄 것이라고.

"우와아아아아!"

함성이 끊이지 않았다.

"마물 따위에게 지지 마라! 싸워라!"

"힘내라! 우리는 무사다!"

정파인들과 사파인들은 서로가 외치는 고함을 들었다. 서로를 향해 보내는 뜨거운 격려.

"으아아아아아!"

그렇게 모두가 목청껏 소리를 질렀다.

뒤에 떨어져 강시견과 싸우는 정파인들도 마찬가지였다.

강시견이 아군의 뒤를 공격하지 못하도록 우리가 지켜 줘야 한다. 그러기 위해서 한 번이라도 더 칼을 휘둘러야 한다.

쩌쩌쩌어어엉!

쾅쾅쾅쾅쾅!

"으아아아악!"

쇳소리와 폭음 위로 안타까운 비명이 계속 빗발쳤다. 그 비명은 곧 함께 싸우는 이가 죽어간다는 의미.

그래서 정파인들과 사파인들은 더 목이 쉬어라 외쳤다. 그 슬픈 비명을 자신들의 뜨거운 고함으로 조금이라도 위로하기 위해.

단 위에 있는 사람들은 언젠가부터 말이 없어졌다.

자신들이 원하던 광경은 이런 것이 아니었다.

약자의 비굴한 모습을 보고 싶었다. 저 천한 것들의 역겨운 본성을 보며 비웃고 싶었다.

하지만 전황은 정반대로 흘러가고 있었다.

약자들이 보여주는 가장 짜증나는 광경이 펼쳐지고 있었다.

악착같이 포기하지 않으며 끈끈하게 뭉쳤다.

이래서야 비싼 돈을 내고 온 이유가 없지 않은가!

즐거운 희극을 기대했는데, 무거운 비극이 펼쳐지고 있었다.

황전노가 노기 띤 어조로 말했다.

"빨리 끝내는 것이 좋겠군."

모두의 시선이 한쪽으로 쏠렸다.

배교주와 무림서생.

콰아아아아앙!

폭음 뒤로 피투성이가 된 무림서생이 뒤로 날아가 떨어졌다.

대체 몇 번째일까.

계속 쓰러지면서도 다시 일어서는 무림서생을 보니 기

가 질리다 못해 지긋지긋할 정도였다.

황전노가 방우에게 다시 말했다.

"이제 죽이라고 하시게. 저놈은 굴복할 인간이 아니야. 사람 보는 눈이 그렇게 없어서야. 쯧쯧."

다른 부호가 황전노의 말을 거들었다.

"저놈이 저렇게 악착같은 모습을 보이니까 다른 놈들도 버티는 거요."

방우는 한숨을 천천히 내쉬며 고개를 끄덕였다.

고꾸라진 천류영은 시야가 찰나 뿌옇게 변하자 지체 없이 이마를 땅에 박았다.

쾅!

이마가 찢어져 피가 흘렀다. 그러자 흐려졌던 시야가 다시 회복됐다.

배교주는 고개를 돌려 방우로부터 이제 죽이는 것이 좋겠다는 고함을 듣고 입맛을 다셨다.

스스로 생각해도 이번 무대는 영 재미가 없었다.

천류영이 피식 웃으며 배교주를 노려보았다.

"뭣도 모르는 놈이 헛소리를 하는군. 배교주, 당신은 아까부터 날 죽이려고 했는데 말이지."

배교주의 검미가 꿈틀거렸다.

무림서생의 말은 사실이었기에.

두들기고 두들겨도 막아내고 피했다. 힘에 부쳐 쓰러지고 고꾸라져도 곧바로 일어났다. 심지어는 방금 십성의 용권풍마저 견뎌냈다.

배교주는 등 뒤에 메고 있던 대검(大劍)을 꺼내 들었다.

스르르릉.

천류영은 담담하게 말했다.

"진작 검을 꺼냈어야지."

그가 말할 때마다 입에서 피가 계속 쏟아졌다. 배교주는 그런 천류영을 보며 말했다.

"내가 검을 써야 할 인물은…… 천하에 열 명, 아니, 다섯도 되지 않는다고 생각했다. 그런데 그중에 네놈이 포함될 거라고는 정녕 생각도 하지 못했다. 그런 점에서 너는……."

배교주는 제 말을 끊고 미간을 찌푸렸다. 그러더니 그의 고개가 옆으로 돌아갔다.

주변은 온통 죽고 죽이는 이들로 가득했다.

배교주의 시선은 그 너머로 향했다.

보이지 않지만 느낄 수가 있었다.

거대한 죽음의 기운이. 그리고 그 기운은 마기(魔氣)와

뒤섞여 있었다.

그의 눈가가 파르르 떨렸다.

"설마……."

정파 이군의 만정이란 낭인의 눈에 절망이 깃들었다. 자신의 칼을 입에 물고 놓지 않는 강시견과 실랑이를 하는 차에 다른 강시견이, 그것도 두 구가 앞서거니 뒤서거니 하며 쇄도해 오고 있었다.

피하기엔 늦었지만, 본능적으로 상체를 웅크리는 순간!

콰직!

만정의 눈이 화등잔만 해졌다. 먼저 도약한 강시견의 머리통이 누군가의 주먹에 산산이 깨져 나갔다. 그리고 바로 뒤따라 도약한 강시견이 공중에서 버둥거리고 있었다.

쩌어어억!

위아래 주둥이를 잡힌 강시견의 입이 그대로 찢겨 나갔다.

얼떨결에 검은 피를 뒤집어쓴 그는 무지막지한 괴력을 보여준 사내를 보고 입을 쩍 벌렸다.

처, 천마검 백운회가 아닌가.

그가 왜 여기에 나타난 거지?

도저히 납득가지 않는 상황에 꿈인가 싶었다.

그러고는 그의 얼굴을 다시 확인하려고 했다. 그러나 그는 만정의 칼을 물고 있던 강시견까지 발로 쳐내고는 이미 저 멀리 앞쪽으로 이동해 버렸다.

빠르게 달려가며 들어 올린 한쪽 손에는 거대한 강기가 맺혀 있었다.

파아아아아!

그가 손을 내리는 순간, 수십여 강기가 앞으로 뻗어 나갔다.

콰콰콰콰콰콰앙!

마치 노린 것처럼, 하나의 강기마다 강시견이 얻어맞고 튕겨 나갔다.

깨애앵, 깽깽깽!

공간을 장악하는 압도적인 신위에 수십여 강시견들이 공포에 젖어 꼬리를 말았다.

그걸 본 만정은 확신했다.

저자는 천마검 백운회가 틀림없다.

세상에 그가 아니라면 이 말도 안 되는 장면을 누가 보여줄 수 있단 말인가.

그 광경에 단 위의 모든 이들이 자리를 박차고 일어

났다.

말을 타고 달려오는 인물이 있었다.

그저 단 한 명.

그래서 취존이나 제갈천이 전령을 보내온다고 생각했을 뿐이다. 하지만 그가 말에서 내린 다음부터 이어진 광경에 모두가 몸을 부르르 떨었다.

"누, 누군가?"

황전노가 물었다.

강시견을 도륙하는 것으로 보아 아군은 아니다. 방우가 내공으로 안력을 돋웠다가 다시 몸을 떨었다.

"저, 저자가 왜 여기에?"

그러나 충격도 잠시. 방우의 입가에 차가운 미소가 번졌다.

"훗, 이유가 뭐든 상관없지. 천마검, 이곳이 네놈의 무덤이 될 것이다."

방우의 입에서 튀어나온 천마검이란 이름에 단 위가 삽시간에 얼어붙었다.

방우가 신타귀 장로에게 외쳤다.

"구악들을 보내세요!"

"몇 구나?"

"셋, 아니, 다섯 구!"

단 앞에서 석상처럼 대기하고 있던 구악 중 다섯이 벼락처럼 앞으로 뻗어 나갔다.

어느새 정파 이군의 후미에 다다른 백운회는 땅을 박찼다.

퍼러러러럭!

그가 허공을 밟으며 정파인들의 머리 위로 솟구쳤다. 그걸 본 정파인들의 경악하는 소리와 탄성이 곳곳에서 터져 나왔다.

허공을 달리는 백운회는 자신을 노리고 쇄도하는 특강시를 보면서 차갑게 조소했다. 저놈들은 공중으로 오를 수 없다.

강시왕이 완전한 각성을 이루기 전까지는.

하지만 백운회의 눈동자가 흔들렸다.

다섯 구악이 땅을 차더니 허공으로 치솟는 광경에.

"음······."

백운회의 나직한 신음.

그러나 그는 다시 앞으로 시선을 던졌다.

정파인들과 철강시들이 충돌하는 최전선.

창!

백운회의 등에서 뽑혀져 나오는 검.

슈가가가각!

검에서 뿜어져 나오는 강기를 철강시들이 사방으로 몸을 날려 피했다. 철강시들의 민첩한 대처를 확인한 백운회는 강시왕이 이미 완전한 각성을 끝냈다는 것을 간파했다.

하지만 의문이 일었다.

어떻게 벌써?

허공에서 그는 강시왕을 상대하느라 피범벅이 된, 하지만 여전히 건재한 천류영을 확인했다.

그리고 천류영도 천마검을 보았다.

천류영은 고통 속에서도 가슴이 울컥하며 눈물이 쏟아질 뻔했다.

지금 천마검이 있어야 할 곳은 여기가 아님을 누구보다 잘 알고 있었기에. 이곳을 선택함으로 해서 그가 잃을 것이 얼마나 많은지 잘 알기에.

백운회는 자신을 보는 천류영과 눈을 맞추며 허공에서 하얗게 웃었다. 그러고는 그곳으로 방향을 틀려는 순간, 천류영이 내공을 쥐어짜 힘껏 외쳤다.

"그들을 도와주십시오!"

"……."

"저는 아직 괜찮습니다."

백운회는 피식 실소를 뱉고 말았다.

참 한결같은 녀석.

천류영의 말은 다른 사람들을 살리려는 의미도 있지만, 무엇보다 천마검을 배려하는 것이었다.

강시왕이란 거대한 적 앞에서, 천류영 자신이 걸림돌이 될까 봐. 아무리 천마검이라도 이미 탈진한 자신을 보호하면서 싸운다는 것은 불가능할 테니까.

2

백운회는 망설임을 접었다.

둘 다 지킨다. 할 수 있는 데까지.

천류영, 너라도 그렇게 할 테니까.

그 직후, 그의 신형이 땅으로 뚝 떨어져 내렸다.

착지하는 순간 밟은 진각.

콰콰콰콰콰아앙!

땅이 진저리를 치며 좌우로 갈라져 움푹 파였다.

그 고랑 주변에서 비틀거리던 철강시들이 바로 중심을 잡고 달려들었다. 아니, 모든 강시들의 고개가 천마검을 향해 돌아갔다.

정파인들은 전혀 예상 못한 상황에 '어어?'란 말만 뱉었다. 그러더니 누군가가 크게 외쳤다.

"천마검이야! 천마검이라고!"

타타타타타탁! 쇄애애액. 쇄애애액!

천마검은 달려오는, 그리고 몸을 날려 오는 철강시들을 마주 보며 거침없이 달렸다.

슈가가가갓!

그의 검이 허공을 갈지자로 베었다. 그 검로에 전면에서 덮쳐 오던 세 철강시의 몸이 갈가리 찢겨졌다.

퍼러러럭!

빙글 돌려 차는 선풍각에 좌우와 뒤에서 쇄도하던 철강시들이 튕겨져 나갔다.

퍼퍼퍼퍽!

그 와중에도 그의 검은 쉬지 않았다. 강기는커녕 검기도 맺혀 있지 않은, 그저 평범한 검.

그런 검인데도 닿기만 하면 철강시의 몸이 서걱서걱 잘려 나갔다.

쩽, 쩽쩽쩽! 쩌어어엉! 콰쾅!

철강시의 머리통을 두들기고 가슴을 밀어냈다. 칼은 묵직했지만 화려하게 춤을 췄고, 주변 공기가 터져 나갈 듯한 강력한 장력이 연이어 폭발했다.

수십여 철강시들이 천마검 그 한 명을 향해 몸을 날

렸다. 그중에는 가장 빨리 도착한 두 구의 구악도 있었다.

스르르르.

거침없이 나아가던 백운회가 상체를 뒤로 젖히며 검을 앞으로 내던졌다.

가장 빨리 덮쳐 오던 철강시의 이마에 박히는 검.

콰직!

그리고 그의 양손이 두 철강시의 목을 움켜쥐었다.

"크륵."

"큭."

기괴한 소리를 내며 천마검의 손을 잡으려는 철강시들. 그전에 천마검의 팔이 움직이는 대로 그 철강시들의 몸이 풍차처럼 돌아갔다.

퍼퍼퍼퍼퍼퍽!

회전하는 철강시에 맞고 튕겨 나가는 철강시들.

구악 두 구가 천마검의 무기로 변한 철강시를 주먹으로 후려쳤다.

콰직, 콰직!

그렇게 철강시 두 구가 깨져 나가는 순간, 천마검은 이미 손을 놓고 발을 뻗었다.

퍼억!

배를 얻어맞은 구악이 뒤로 주르륵 밀려나며 뒤에 있던 철강시들까지 함께 자빠지게 만들었다.

슈각!

다른 구악 하나가 내지르는 검이 천마검의 옆구리를 파고들었다.

팅!

손등으로 검신을 튕겨내고, 구악의 머리를 양손으로 잡아챘다.

콰직.

천마검의 무릎에 안면이 붕괴된 구악이 크게 검을 휘두르며 뒤로 빠져나갔다.

천마검은 그 구악을 흘낏 보았다가 앞으로 달렸다.

＊　　　　＊　　　　＊

슈가가갓!

거대한 힘을 품은 대검이 섬전처럼 떨어졌다. 그에 천류영은 이를 악물고 검을 후려쳤다.

쩌엉!

순간, 천류영은 검에 주입한 내공이 흩어지는 것을 느끼며 뒤로 몸을 날렸다.

째애애애앵!

검이 깨져 나갔다. 이로써 배교주를 상대로 여섯 개째의 검을 잃었다.

배교주는 또다시 미꾸라지처럼 빠져나가려는 천류영을 더 이상 놓치지 않겠다는 듯이 팔을 휘둘렀다.

허공에서 흩어지던 검의 조각조각들이 찰나 멈추더니, 앞으로 폭사했다.

쇄애애액!

천류영은 계속 몸을 굴렸다.

퍼퍼퍼퍽!

등과 허벅지에서 뜨거운 통증이 일었다.

심장은 더 이상 무리라는 신호를 아까부터 보내왔다.

이제 그만 멈추라고, 쉬어야 한다고.

그러나 천류영은 움직였다.

콰콰콰쾅!

그가 방금 지나간 땅이 거칠게 터져 나갔다. 그와 동시에 천류영은 시야에 들어온 주인 없는 도(刀)를 잡아채며 힘껏 휘둘렀다.

콰아아앙!

후려치는 도에 강기가 터져 나갔다. 벌써 실금이 가는 도를 짓쳐 드는 배교주를 향해 던졌다. 물론 곧바로 다른 칼이 떨어져 있는 곳으로 몸을 날렸다.

따라붙는 배교주의 붉은 눈에서 살기가 줄기줄기 뻗어나왔다.

무림서생을 살려두고 천마검과 상대하는 건, 자칫 돌이킬 수 없는 비극을 불러올지도 모른다는 본능적인 경고가 머릿속에서 떠나지 않았다.

무엇보다 천마검을 보며 황당해하는 사이, 무림서생이 천마검에게 외친 말이 가슴에 묵직하게 걸렸다.

서로 엮일 것 같지 않은 두 인물이 한편이라면?

생각만으로도 소름이 돋았다.

그러니 우선 한 놈이라도 반드시 죽여야 했다.

사실 무림서생 따위는 마음만 먹으면 언제라도 죽일 수 있다고 여겼다. 물론 그 생각은 지금도 변함이 없다.

문제는 자신에게 주어진 시간이 짧다는 점이었다.

언제 천마검이 이곳으로 들이닥칠지 모르는 상황.

무림서생 이놈은 수비의 천재였다. 막을 수 없는 건 기막히게 피하고, 피할 수조차 없으면 치명적인 곳만큼은 막아냈다.

파아아아아아!

수십, 아니, 수백여 검영이 허공을 뒤덮었다. 그 검영 속에는 검기와 검사, 그리고 강기까지 뒤섞여 있었다.

천류영을 직접 노리는 동시에 피할 공간까지 차단한 파상 공세.

천류영은 마치 소낙비처럼 퍼붓는 공세를 뚫어지게 보았다. 몸을 저릿저릿하게 만드는 압박은 여전히 숨 쉬는 것조차 힘겹게 했다.

그러나 그는 눈을 떼지 않았다.

가장 많은 힘이 뭉쳐 있는 것과 제일 위험한 방향을 파악했다.

타탁!

천류영은 무거운 몸을 좌측 사선으로 이 보 이동하며 검을 휘둘렀다.

퍼퍼퍼어엉! 콰콰콰아앙!

그의 검과 주변 대지에 울리는 폭음, 그리고 어쩔 수 없이 내어주어야 하는 팔뚝.

팔뚝의 찢어진 곳에서 핏줄기가 픽픽 솟구치다가 가라앉았다.

쇄애애액!

곧바로 들이닥치는, 배교주의 검강이 어린 대검.

쩌엉!

막았다. 동시에 끌어들이다가 튕겨냈다.

힘을 최대한 흘리면서 천류영의 몸은 주르륵 밀려났다.

그렇게 밀려나면서도 천류영의 눈은 배교주를 뚫어지게 응시하고 있었다.

천류영은 혈인이 되어 있었다. 지치고 피폐했다.

팔과 다리가 종종 경련을 일으켰다.

그러나 그의 눈만큼은 고요했다.

마치 깊이를 알 수 없는 바다처럼.

배교주의 입에서 결국 탄식이 흘러나왔다.

"하아!"

그는 자신을 직시하는 무림서생을 보며 질린 표정을 지었다. 실소마저 흘러나왔다.

이번 공격마저 막힐 거라고는 상상조차 하지 않았기에.

진심으로 이번엔 놈의 숨통을 끊을 거라고 확신했기에.

물론 놈은 자신을 이길 수 없다. 그럼에도 불구하고 배교주는 갈수록 패배감을 느꼈다.

"네놈을 상대로 내가 용검뇌까지 쓰게 될 것이라고는……. 그래, 네놈 정도면 용검뇌를 볼 자격이 있다."

그는 대검을 들어 올렸다. 어서 끝내고 천마검을 상대해야 하지만, 그럼에도 서두르지 않고 신중하게 내공을 끌어 올려 혈도를 따라 움직이게 했다. 무상, 그놈이 했던 것처럼.

대검에서 뭉클뭉클 피어오르는 강기가 서로 뭉쳐지기 시작했다. 그러더니 그 강기가 모여 흑룡의 모습을 갖춰 갔다.

더없이 사악한 기운이 주는 가공할 압박에 천류영은 팔과 다리가 뻣뻣해지는 느낌을 받았다.

배교주가 말했다.

"네 시신조차 남지 않게 가루로 만들어주마."

그런 후, 그의 대검이 허공을 찢었다.

콰아아아아아!

천류영은 다가오는 흑룡을 보았다. 그와 함께 눈동자가 거칠게 흔들렸다.

이건…… 완벽했다.

막을 수도, 피할 수도 없다는 것을 직감했다.

하지만 그는 포기하지 않았다. 이미 남은 내공을 박박 쥐어짠 상태. 그의 검이 흑룡을 마중 나갔다.

우우우우우웅!

허공을 쩌렁쩌렁 울리는 굉음.

천류영은 자신의 몸이 산산이 부서지며, 배교주의 말마따나 가루가 되는 듯한 느낌과 마주했다.

하지만 그는 미소를 머금었다.

최선을 다했고, 이젠 괜찮다.

천마검 형님이 왔으니까.

그 형님이라면 어떻게든 많은 사람들을 살려줄 수 있을 것이다. 그리고 이곳으로 달려오고 있을 독고설을 포함한 동료들도.

그렇기에 미소를 지을 수 있었다.

쨍쨍쨍쨍쨍!

쥐고 있는 검이 깨져 나가고, 이어서 흑룡이 팔을 거쳐 자신의 몸 전부를 삼켜가려는 때, 옆구리에서 강렬한 통증이 일었다.

퍼억!

피를 토하며 옆으로 팽개쳐지는 천류영은, 그렇게 허공에 뜬 와중에도 눈을 부릅떴다.

어느새 다가온 천마검이 자신의 옆구리를 밀어낸 것이었다. 그리고 그 무시무시한 흑룡을 자신의 몸으로 받아내고 있었다.

어떻게 한 것인지는 알 수 없었다. 천마검은 손을 부드럽게 흔들었고, 흑룡이 방향을 틀어 그의 몸을 덮쳤다는 것이 전부였다.

천류영의 몸이 땅과 충돌하며 두 바퀴 굴렀다. 동시에 천마검의 몸에서 폭발이 일었다.

콰아아앙!

묵빛 섬광이 천마검의 몸 주변에서 일었다.

치열하던 전투가 순간 멈췄다.

정파인들과 사파인들, 단 위의 사람들, 그리고 주술사들도 모두 그 광경을 목도했다. 철강시나 강시견은 비록 고개를 돌리지는 않았지만, 일제히 동작을 멈췄다.

배교주는 갑자기 끼어든, 그야말로 벼락처럼 다가온 천마검을 보며 얼떨떨해했다.

"네, 네놈이 왜?"

모종의 관계가 있다고 짐작했지만, 천마검이 이렇게까지 할 정도였나?

"쿨럭!"

잦아드는 묵빛의 섬광과 함께 천마검이 휘청거리다가 기침을 뱉었다. 피와 침이 뒤섞여 튀어나왔다.

천마검은 강시왕을 보며 입을 열었다.

"설마…… 배교주인가?"

천마검을 쫓던 다섯 구의 구악이 뒤늦게 당도해 천마검을 둘러쌌다.

구악들을 흘낏 본 강시왕이 흥분을 가라앉히며 차분하게 말했다.

"오랜만이다, 천마검."

천마검은 잠깐 침묵하다가 대꾸했다.

"이혼대법까지 썼군."

"크크크큭, 나는 이제 영생불멸의 사신이 되었다."

"훗, 생과 사가 하나라고 외치는 배교의 교주가 그렇게까지 죽음을 두려워했다니. 그야말로 웃기는 일이군."

천류영이 일어나려다가 신음을 삼키며 털썩 주저앉았다. 현기증마저 일어 어지러웠다. 그러나 그는 걱정스러운 목소리로 외쳤다.

"괘, 괜찮으신 겁니까?"

그 절박한 물음에 천마검이 고개를 돌려 천류영을 보며 싱긋 웃었다.

"호들갑은."

"그래도……."

천마검이 바로 말을 끊었다.

"너는 괜찮나?"

그렇게 물으며 다가가는 천마검이 말을 이었다.

"급해서 좀 세게 친 것 같긴 한데?"

천류영이 입술을 꾹 깨물었다가 얻어맞은 옆구리를 손으로 비비며 말했다.

"과연 천마검 형님이었습니다. 강시왕이란 마물에게 맞

은 수십 방보다 훨씬 세더군요."

천마검이 웃음을 터트렸다.

"하하하하!"

그러면서 내미는 손.

천류영이 그 손을 보며 입술을 깨물었다. 차마 그 손을
잡을 수가 없었다. 이 손을 잡는 순간, 천마검은 위험에
빠지게 될 테니까.

그렇다. 여기까지다.

더 이상 욕심을 내면, 말 그대로 욕심이었다.

천마검이 묵직하게 말했다.

"잡아라."

천류영의 눈이 손에서 팔을 거쳐 천마검의 얼굴로 향했
다.

"저는 이제……."

"잡아라."

전장의 모든 이들이 숨죽이고 두 사내를 주시했다.

지금까지의 정황상 무림서생과 천마검이 모종의 관계를
맺은 것은 거의 확실해 보였다. 그럼에도 믿기지 않아서
지켜볼 수밖에 없었다.

배교주도 마찬가지로 흥미로운 눈빛이었다.

두 사내가 한편이라는 가정이 끔찍하긴 하지만, 다시

생각해 보니 지금은 이게 낫겠다 싶었다.

방금 본 천마검의 실력은…… 역시라는 말 외에 할 말이 없을 정도였으니.

유일한 호적수라고 할 수 있는 상대.

그런데 무림서생이란 혹을 달고 있으면 제대로 싸울 수 없을 터.

그래서 무림서생이 저 손을 잡길 바라는 마음이 들었다.

백운회가 다시 말했다.

"너는 그럴 자격이 있다."

"……?"

"너는 지금껏, 그리고 오늘도 스스로를 증명했다."

"……."

"그러니 살아라."

짧은 말이지만 천류영은 다시 울컥했다. 다른 사람도 아닌 천마검이 이렇게 말해주었기 때문이다.

천마검이 하얗게 미소 지으며 말을 이었다.

"패왕의 별로 가는 문, 그 문을 내가 열어주마."

"……!"

천류영의 눈이 찢어질 듯이 커졌다. 너무 놀라 말문이 막혔다.

천마검이 손을 더 내밀어, 뻗지 못하는 천류영의 손을 잡았다.

탁.

"천류영, 네가 패왕의 별이다."

3

천마검 백운회와 무림서생 천류영이 손을 잡는 순간, 배교주와 다섯 구악이 일제히 검을 휘둘렀다.

쏴아아아아아!

시커먼 강기가 허공을 뒤덮었다.

천마검은 호신강기를 최대한 끌어 올리며 지체 없이 천류영의 허리를 잡아챈 후, 보법을 밟았다.

천마광행보(天魔狂行步).

좌우로 흔들리면서 이동하는, 여러 고수들의 합공을 피할 때 펼치는 보법으로, 천마취행보(天魔醉行步)라고 불리기도 한다. 오백 년 전, 천마가 창시한 것인데, 백운회가 지금 펼치는 것은 그것과 비슷하면서도 달랐다.

차이점은, 그의 신형이 땅에 머물지 않고 반 장 높이의 허공에 떠올라 있다는 점이었다.

콰콰콰콰콰아아앙!

천마검이 있던 자리의 땅거죽이 거칠게 터져 나갔다.

배교주가 달리며 가소롭다는 듯이 외쳤다.

"건방진 놈! 무림서생을 안고 계속 피할 수 있다고 생각하느냐!"

쇄애애액.

배교주와 구악들의 검에서 계속 강기가 쏟아져 나왔다.

천마검의 손이 주변을 휘저었다.

거수혈영(巨手血影).

거대한 핏빛 손 그림자가 천마검의 주변을 빙글 돌며 강기들과 충돌했다.

퍼퍼퍼퍼어어엉!

천마검의 신형 주변에서 터지는 굉음.

구악들의 강기는 막아냈지만, 배교주의 강기는 계속 짓쳐 들었다. 그러더니 천마검의 호신강기를 때리며 등을 강타했다.

퍼펑!

찢어지는 상의에 핏물이 스며들었다. 이를 악문 천마검은 세 구의 구악이 지척까지 다가든 것을 보며 허공을 발로 찼다.

터엉!

마치 땅을 찬 것처럼 위쪽으로 올라섰다. 동시에 주변

에 떨어져 있던 열댓 개의 날붙이들이 허공으로 솟구쳐 올랐다.

천마검의 허공섭물! 이기어검술!

슈슈슈슈슛! 쨍쨍쨍! 째애앵!

열댓 개의 날붙이들이 떠올라 짓쳐 드는 구악들을 막는 모습에 전장의 많은 이들이 눈을 부릅떴다.

감탄스러운 신기(神技)이며, 신위(神威)였다.

단 위에 서 있는 방우는 팔에 올라온 소름을 쓸었다. 다시 한 번 교주님이나 배교의 많은 주술사들이 왜 그렇게 천마검을 경계했는지 새삼 깨달았다.

그사이 광혈창이 빽! 외쳤다.

"물러나라! 전원, 백여 장 물러난다!"

광혈창은 반대쪽에 있는 정파인들이 현명한 판단을 내려주길 고대하며 소리를 질렀다.

사실 천마검의 도움이 없었더라면, 전선의 여러 곳이 철강시에 의해 뚫릴 뻔한 위기였다. 광혈창의 판단으로는 정파인들의 전선도 마찬가지라고 여겼다.

이제 천마검은 배교주를 상대할 터. 더 이상의 도움을 바라기는 어려웠다.

또한 천마검의 등장은 배교도들로 하여금 경각심을 갖게 만들었으므로 철강시 부대에 특강시를 투입할 공산이 높았다.

상황이 이러니 정파와 뭉쳐서 싸우는 것이 더 나았다. 그러지 않으면 각개격파를 피하기 어려울 테니까.

다행히 정파인들도 빠르게 물러나기 시작했다.

광혈창은 안도의 한숨을 삼키며 동쪽을 살폈다. 기다리고 있는 무림서생의 동료들은 아직도 보이지 않았다.

그때, 그의 귀에 우려하던 말이 들려왔다.

단 위에서 두 구의 구악을 전투에 투입하라는 명이 떨어진 것이다.

광혈창은 어금니를 깨물며 기원했다.

무림서생의 동료들이 속히 당도해 주기를. 그러지 않으면…… 이 전투는 승산이 없었다.

그렇게 정파와 사파는 최대한 전선을 유지하며 뒤로 물러났다. 달려드는 철강시와 강시견들을 힘겹게 막아내며 물러서던 두 세력은 마침내 하나로 뭉쳤다.

광혈창은 급히 정파의 지휘관을 찾았고, 이평이 달려왔다. 광혈창이 서둘러 말했다.

"우리가 우측을 맡을 테니, 정파가 좌측을 책임져 주시오. 그리고 구악이란 특강시를 조심하시오. 고수들을 집중 할당하지 않으면 막기 어려울 것이니. 힘들겠지만 머지않아……."

곧 무림서생의 동료가 올 것이라는 말을 하려는 참에 이평이 말을 끊고 들어왔다.

"우리가 싸울 수 있는 시간은 이제 일각에 불과하오."

"······!"

광혈창의 얼굴이 하얗게 질려갔다. 하긴 뭔가 이상하다는 생각은 했다. 이평이 말을 이었다.

"우리가 막을 테니, 사파는 뒤로 빠져 후일을 도모하시오. 당신들은 이미 충분히 용기를 보여주었소."

"······."

"시간이 없소. 어서 당신의 수하들에게 후퇴령을 내리시오!"

고함과 비명, 그리고 병장기 충돌하는 소리로 인해 이평이 큰 목소리로 말했다. 악다구니를 쓰듯 말하는 이평을 보며 광혈창은 입술을 깨물었다. 그러고는 죽을힘을 다해 싸우고 있는 정파인들을 빠르게 훑었다.

이평이 또 외쳤다.

"뭐 하시오? 어서 수하들을······."

광혈창이 고성으로 이평의 말을 끊었다.

"닥치시오! 함께 싸운 동지에게 그 무슨 허세고 잘난 척이오!"

"······!"

"어서 우리 뒤쪽으로 물러나시오. 어떻게든 막아볼 테니까."

이평의 눈동자가 흔들렸다. 사파가 당연히 후퇴할 것이라고 생각했는데······.

"왜?"

"왜긴 뭐가 왜요? 무사가 약자를 보호하는 것은 당연한 거잖소!"

"······."

"우리 뒤에 물러선 다음에, 알아서 도망치시오. 가능한 빨리. 괜히 있어봤자 도움은커녕 우리만 힘들어지니까."

광혈창은 그 말을 끝으로 다시 최전선으로 향했다. 철강시 앞으로 두 구의 구악이 등장했다. 그중 하나는 자신이 맡아야 했다. 그러지 않으면 전선이 깨지는 건 시간문제일 테니까.

"으아아아아! 어디 끝까지 해보자, 이 마물들아!"

광혈창이 고함을 지르며 땅을 박찼다.

쇄애애애액!

그의 장창이 구악을 향해 쇄도했다. 구악은 표정 없는 얼굴로 검을 휘둘렀다.

콰아아아아!

도저히, 일개 마물에게서 흘러나오는 것이라고는 믿겨지지 않는 풍압.

광혈창의 눈자위가 떨렸다. 아까 천마검이 구악을 상대하는 것을 보면서, 그 마물들이 자신이 알고 있던 것보다 훨씬 강하다는 것을 깨달았다.

이 마물은 정말 절대고수나 다름없었다. 그것도 금강불괴를 이룬 절대고수이니, 상대하기 훨씬 까다로울 것이다.

퍼퍼퍼퍼엉!

광혈창의 창영과 구악의 강기가 충돌하며 폭발했다. 하지만 몇 개의 강기가 살아남아 계속 짓쳐 들었다. 광혈창은 속으로 혀를 내두르면서도 허리를 비틀어 강기를 피하는 동시에 창을 찔러 넣었다.

슈우웃!

쩡!

구악은 창을 가볍게 튕겨내며, 땅을 차서 몸을 빙글 돌렸다.

파앗!

광혈창은 고개를 숙여 놈의 발차기를 피하다가 숨을 들이켰다. 구악이 발차기를 하는 동시에 검을 던진 것이다.

"……!"

광혈창은 경악하며 몸의 중심을 잡고 있는 발로 땅을 힘껏 밀었다.

서걱!

그의 왼쪽 팔뚝이 베어지며 긴 혈선이 드러났다. 그 혈선 위로 핏줄기가 핏핏, 솟구쳤다.

데구루루.

광혈창은 땅을 구르며 곧바로 몸을 일으켰다. 그런 그의 눈에 구악이 던진 검을 회수하는 광경이 들어왔다.

이기어검술.

강시왕의 권능으로 훨씬 강해진 특강시의 위력을 비로소 느낀 광혈창이 입술을 꽉 깨물었다.

마물 따위에게, 그것도 고작 한 구의 마물에게 죽을 수 있다는 생각은 한 번도 해본 적이 없었다.

물론 강시왕은 예외겠지만.

그런데 지금 광혈창은 자신이 마물의 손에 죽을 수도 있겠다는 생각이 들었다.

구악은 표정 없는 섬뜩한 얼굴로 발을 내디뎠다. 그러자 광혈창은 자신도 모르게 주춤 물러나다가 이맛살을 찌푸렸다.

자신은 지금 최전선에 있다. 그리고 그의 좌우로 수하들이 고함을 지르며 싸우는 중이다.

"으아아아아! 물러서지 마라!"

"싸워라! 마물 따위에게 지지 말자아아!"

쨍쨍쨍쨍쨍! 콰콰콰콰아앙!

그야말로 혼신의 힘을 다해 버티고 있었다. 다른 구악 하나에는 채주 세 명이 달라붙어 싸우고 있었다.

광혈창은 수장인 자신이 물러서는 순간 전선이 붕괴될 것임을 깨닫고, 다가오는 구악을 노려보며 중얼거렸다.

"젠장, 천마검은 강시왕뿐만 아니라 다섯 구의 구악과 싸우고 있다고!"

그것도 무림서생을 옆구리에 끼고.

으드득!

이를 간 광혈창의 두 눈에 전의가 불타올랐다.

콰콰콰콰아아앙!

폭음과 함께 천마검의 몸이 허공으로 붕 떠올랐다. 동시에 두 구의 구악도 뒤로 튕겨 나가듯이 날아가다가 땅에 떨어져 몇 바퀴를 데굴데굴 굴렀다.

그러나 벌떡 일어난 구악들은 다시 천마검을 향해 달려

들었다.

퍼러러럭!

허공에서 공중제비를 돈 천마검이 땅에 착지하며 말했다.

"천류영!"

외치듯 말하는 천마검의 입에서 피가 튀어나왔다.

마침내 포위망에서 벗어난 상태.

그러나 천마검은 그 와중에 두 번의 강기와 세 번의 장력을 허용해야 했다.

천류영은 자신을 놓아주는 천마검을 보며 곧바로 대꾸했다.

"저는 물러나겠습니다."

더 이상 천마검에게 짐이 될 수 없으니 홀로 빠지겠다는 말. 그러나 그건 매우 위험한 선택이었다. 한 구의 구악만 달라붙어도 천류영은 살아남기 어려운 상태.

배교주와 다섯 구의 구악이 덮치듯 달려들었다.

천마검은 다시 천류영의 허리를 양손으로 붙잡았다. 그러고는 제자리에서 빠르게 돌며 말했다.

"지휘를 부탁한다!"

부우우우웅!

그가 손을 놓자 천류영이 허공으로 솟구쳤다. 까마득한

허공으로 떠오르는 천류영을 본 모든 이들이 기함했다.
배교주도 멈춰 황당한 표정을 지었다.

지금 무림서생이 저렇게 높이 떠올랐다 떨어지면 어떻
게 될까?

배교주는 이내 피식 웃으며 말했다.

"크크큭, 결국 네 목숨 부지하자고 무림서생을 버리는
구나. 어리석은 놈."

배교주의 생각으로는 천마검이 정말 어리석어 보였다.
이렇게 될 거라면 왜 지금까지 그 고생을 하면서 놈을 지
켰는지 이해가 되지 않았다.

퍼러러러럭!

허공에 던져진 천류영은 얼굴에 부딪치는 거센 바람에
눈살을 잔뜩 찌푸렸다.

천마검이 얼마나 많은 힘을 주어 던졌는지, 자신의 몸
은 계속 솟구치며 날아올랐다. 전장에서 싸우는 이들이
손톱보다 작게 보였다.

본능적으로 떨어져 죽게 되리란 생각이 먼저 들었다.
동시에 천마검 형님이 자신을 이렇게 죽게 하지는 않을
거라는 믿음도 있었다.

아래로 보이는 전장이 차츰 멀어져 갔다. 그러더니 그

의 몸이 포물선을 그리며 하강하기 시작했다.

입을 크게 벌려보았지만, 바람이 너무 강해 숨 쉬는 것이 어려웠다.

'생각을 하자. 내가 지금 어떻게 해야 죽지 않고 땅에 착지할 수 있는지.'

그의 머릿속으로 자신이 알고 있는 모든 무공이 스쳐 지나갔다. 그러나 아무리 생각해도 그런 수법은 익히지 않았다.

그때, 뜨고 있기조차 힘든 그의 눈이 커지며 흔들렸다.

흙먼지를 일으키며 무시무시한 속도로 달려오는 일인.

"풍운!"

풍운은 허공에서 떨어지는 천류영을 뚫어지게 보면서 폭풍처럼 달려왔다.

스스스스스슷!

풍운의 몸이 허공으로 떠오르기 시작했다.

허공을 밟으며 미끄러지듯이 나아가는 풍운의 눈이 빛났다.

그리고 풍운이 허공에서 천류영을 두 팔과 가슴으로 받았다. 그 모습을 가슴 졸이며 지켜보던 정파인들과 사파인들이 동시에 함성을 질렀다.

"우와아아아아아!"

"풍운검이다! 풍운검 풍운이야! 와아아!"

"그럼 곧 낭왕이나 다른 고수들도 오겠지? 버티자! 조그만 더 힘을 내자!"

풍운은 혈인이 되어 있는 천류영을 보며 오만상을 썼다.

"괜찮은 거죠?"

천류영이 입꼬리를 올리며 고개를 힘차게 끄덕였다.

"고맙다."

배교주의 붉은 눈이 타오르듯 더 시뻘겋게 변했다.

자신은 풍운이란 애송이가 이리로 달려오고 있다는 것을 전혀 알아채지 못했다. 그런데 천마검은 그걸 알고 있었단 사실이 불쾌하고 화가 났다.

그는 천마검을 향해 달리며 외쳤다.

"그래도 내가 너보다 강하다는 사실은 변하지 않는다!"

천마검은 마주 뛰며 말을 받았다.

"그렇게 자신이 있다면 특강시부터 치우라고."

쇄애애액.

두 구의 구악이 먼저 천마검을 막아서며 검강 어린 칼을 휘둘렀다. 천마검은 정면과 왼쪽에서 쇄도하는 두 검의 사이로 자신의 철검을 찔렀다.

쩡! 쩽쩽쩽, 쩨애애앵!

천마검의 철검이 정면 구악의 검과 충돌하며 깨져 나갔다. 그리고 그 검의 파편들이 왼쪽에 있던 구악의 검과 부딪쳤다.

두 구악이 충돌로 인해 찰나 멈칫하는 순간, 천마검이 둘 사이로 파고들며 팔을 잡아챘다.

홱, 홰액. 콰직!

두 구악을 안쪽으로 잡아당기자 서로 머리가 충돌하며 뒤로 나자빠졌다. 천마검은 뒤이어 달려오는 다른 구악들을 향해 자빠진 구악들을 발로 쳐냈다.

파아앗! 퍼엉!

극성을 넘어서는 이형환위. 주변의 공기가 압축됐다 터져 나갔다.

천마검이 배교주 앞까지 단숨에 다가들었다. 한 구의 구악이 막으려 했지만, 이미 늦어버린 상황.

슈가앗!

천마검의 손이 허공을 갈랐다. 그러자 배교주의 눈이 찢어질 듯이 커졌다.

천마검은 지금 검이 없다. 그런데 그의 손에서 검의 형상을 한 기운이 폭발하듯이 생겨나 짓쳐 들었다.

심검(心劍).

십천백지 중 칠존도 구사한 심검이었다. 무지막지한 공력을 잡아먹을뿐더러 정신력 소모가 상당한, 검의 최후지경!

쇄애액!

배교주의 대검이 떨어지는 심검을 향해 폭사했다.

콰아아아앙!

폭음.

그리고 산산이 깨어지는 배교주의 대검.

천마검이 차갑게 말했다.

"죽어라!"

심검이 배교주의 이마와 충돌했다.

파지지지직!

배교주의 이마에서 수백여 개의 불똥이 사방으로 튀었다.

"으으으……."

배교주는 이를 갈며 양손으로 심검을 말아 쥐듯 잡았다.

실체가 없는 무형의 검.

그 심검을 잡은 배교주의 눈은 눈자위까지 온통 붉어졌다.

천마검의 이마와 목으로 핏줄이 꿈틀거리며 튀어 올랐다. 두 팔의 근육이 거친 경련을 일으켰다.

그 모습에 배교주의 한쪽 입꼬리가 씩 올라갔다.

"천마검, 내가 말했잖아."

"……."

"흐흐흐, 난 영생불멸의 사신이라고. 난 이미 하찮은 인간과는 격이 다른 존재란 말이다!"

배교주의 발이 앞으로 뻗어 나왔다.

콰직.

"크읙!"

배를 얻어맞은 천마검이 신음을 흘리며 뒤로 붕 떠서 날아갔다. 입에서 뿜어져 사방으로 튀는 피 분수.

무표정한 다섯 구의 구악이 기다렸다는 듯이 검을 앞세워 덮쳐들었다.

4

백운회는 호신강기를 끌어 올리려다가 멈추고 쿨럭, 기침을 한 번 뱉었다. 진기가 순간적으로 꼬이며 진탕

될 조짐을 보였다. 과도한 내공과 정신력이 소모되는 심검을 구사했건만, 그것이 불발되면서 생긴 타격이었다.

쇄액, 쇄액!

먼저 두 개의 검이 머리와 옆구리로 들이닥쳤다.

팅!

머리로 떨어지는 검신을 오른손으로 튕기고, 옆구리로 파고드는 검을 왼손으로 잡아채며 당겼다.

스슷.

천마검의 왼 손바닥에서 흘러나온 핏방울이 허공에서 흩어졌다.

쩡! 쨍!

왼손으로 당긴 검으로 다른 검을 쳐내고, 오른손으로 연이어 들이닥친 검면을 후려쳤다.

하지만 마지막 다섯 번째 검이 그의 왼손을 베어왔다.

순간, 천마검의 오른발이 땅에 닿았고, 일부러 미끄러졌다.

엉덩방아를 찧는 동작으로 자연스럽게 몸을 허공에 띄우며 검을 피했다. 동시에 그의 발이 공격해 오던 구악의 턱을 올려쳤다.

퍽! 콰직!

턱을 맞은 구악의 몸이 뒤로 나자빠졌고, 천마검은 땅에 떨어지며 굴렀다.

쇄애애액.

빛살처럼 빠른 네 개의 검이 천마검을 쫓았다. 그러자 천마검은 나자빠진 구악 위로 몸을 날렸다.

파파파팟!

네 구악의 검이 천마검을 놓치고는 그 아래 깔려 있던 구악을 찔렀다.

"크르르."

다른 구악들의 검을 맞은 구악이 기괴한 신음을 흘리며 경련을 일으켰다. 그러더니 서서히 잦아드는 붉은 안광.

천마검은 근처에 떨어진 검을 허공섭물로 끌어당겨 쥐면서 눈을 빛냈다. 그렇게 두들기고 베고 찔렀음에도 별 타격을 입지 않던 구악이 다른 구악들의 칼에 쓰러지는 광경.

'설마…….'

한 가지 가정이 그의 뇌리를 스쳤다. 그러나 그는 그 생각을 정리할 틈도 없이 자신을 노리고 짓쳐 드는 강기들을 후려쳐야 했다.

퍼퍼퍼어어엉! 쨍쨍쨍쨍! 쩌어엉!

검기, 검사, 그리고 강기가 연신 폭발했고, 검과 검이 쉼 없이 충돌했다.

퍼러러럭!

천마검의 흑포가 휘날리다가 군데군데 찢겨져 나갔다. 그때, 배교주가 땅을 박차고 허공에서 떨어지며 외쳤다.

"죽어라!"

권영이 빗발치며 쏟아졌다. 천마검은 네 방위에서 자신을 공격하는 구악들의 칼을 후려치기 무섭게 배교주의 공세를 맞이했다.

쇄애애액.

그가 위로 던진 검이 머리 위, 일 장 높이에서 멈춰 서더니, 제자리에서 빙글빙글 돌기 시작했다.

퍼퍼퍼퍼퍼퍼어엉!

폭포수처럼 쏟아지던 권영이 회전하는 검과 부딪치며 폭발했다. 천마검의 입에서 다시 핏물이 흘러나왔다.

콰창!

떨어져 내리던 배교주가 주먹으로 회전하는 철검을 부숴 버렸다. 그러고는 그 주먹으로 천마검의 머리를 노렸다.

콰아아아, 탁.

천마검은 손날로 배교주의 주먹을 비스듬히 비껴내더니, 손목을 잡아채 당겼다.

콰아앙!

땅에 착지하는 배교주.

천마검은 잡은 배교주의 손목을 거슬러 팔오금(팔꿈치 안쪽)을 엄지로 쿡, 눌렀다. 순간, 배교주의 팔이 안쪽으로 접히며 팔 척 거구의 허리가 자연스럽게 굽어졌다.

그 순간을 놓치지 않은 천마검의 손바닥이 배교주의 턱을 올려쳤다.

마치 쓰다듬듯이 부드럽게. 그러나 그 안에 담긴 힘은 결코 작지 않았다.

타악!

배교주의 고개가 위로 젖혀지는 순간, 천마검의 발이 무릎을 강타했다.

퍼억!

"윽!"

창졸지간에 배교주의 무릎이 꺾이며 몸의 중심을 완전히 잃어버렸다. 강기 어린 천마검의 주먹이 그런 배교주의 검은 얼굴의 정면을 찍었다.

콰직!

뒤로 이 장여 주르륵 밀려나는 배교주.

천마검은 그를 쫓으려다가 옆으로 몸을 날렸다. 밀려나던 배교주가 장력을, 그리고 구악들이 강기를 퍼부었기에.

콰콰콰콰아앙!

천마검이 있던 주변이 갈가리 터져 나갔다. 배교주는 얻어맞은 얼굴을 손으로 한차례 쓸고는 비릿한 미소를 지었다.

"크크큭, 과연 천마검이군. 하지만 미안해서 어쩌지? 네놈 따위의 공격은 모기가 문 것보다도 약하다고."

"후우우, 후우우……."

천마검은 격한 호흡을 조절하며 그런 배교주를 뚫어지게 보았다. 배교주의 미소가 짙어졌다.

"천마검, 설마 벌써 지친 건 아니겠지? 나는 이제 시작에 불과하다고. 크크큭."

그가 구악들과 함께 다시 천마검을 향해 맹렬히 달려들었다.

배교주와 천마검의 대결을 지켜보는 단 위의 사람들은 연신 감탄하며 혀를 내둘렀다.

소문으로만 접하던 천마검의 무위가 놀라웠으며, 그

런 천마검을 상대로도 끄떡없는 배교주는 더 충격적이었다.

사실 천마검이 다섯 구의 구악을 떨치고 배교주를 향해 심검을 구사했을 때는 모두의 심장이 얼어붙는 듯했다.

방우는 비릿한 미소를 지으며 주변 사람들에게 말했다.

"이만하면 '돈값 하는' 꽤 즐거운 무대였다고 생각합니다. 안 그렇습니까?"

이제 슬슬 남은 구악을 투입해 마무리를 짓겠다는 의도가 담겨 있는 말이었다.

황전노가 웃는 낯빛으로 말을 받았다.

"아주 좋았네."

모두가 고개를 끄덕이며 동의했다. 무림서생 홀로 등장했을 때만 해도 내심 속았다는 생각이 들었다. 그런데 예상도 못한 천마검이 등장하며 돈 주고도 구경 못할 진귀한 볼거리가 펼쳐진 것이다.

지금도 배교주와 천마검의 대결은 손에 땀을 쥐게 했다. 오죽하면 철강시와 사파인들의 전투에는 가끔 시선을 던지는 것이 고작일 정도였다.

물론 배교주의 몸에 터럭만 한 흠집도 나지 않았기에 여유롭게 지켜볼 수 있는 것이었다.

다만, 황사의가 불만스러운 눈빛으로 입을 열었다.

"그나저나 무림서생은 그냥 놓아줄 거요?"

풍운이 허공에서 무림서생을 구하는 것을 보았는데, 아직도 그들이 구릉 너머에서 모습을 드러내지 않고 있기에 하는 질문이었다.

즉, 풍운이 무림서생을 데리고 도망친 것이 분명하다고 여겼다.

황전노가 입맛을 다시며 아들의 말을 받았다.

"풍운의 경공술은 천하제일이라니 잡기 어렵겠지."

그러자 방우가 빙그레 웃고 말했다.

"저를 어찌 보시고 그런 말씀을 하십니까? 저는 무림서생을 놓아줄 생각이 눈곱만큼도 없습니다."

"……?"

방우는 커다란 수정구를 탁자 위에 올려놓고, 낮게 주문을 외우는 대주술사를 흘낏 보며 말을 이었다.

"우리에게는 강시오라는 요긴한 것이 있지요. 이곳을 중심으로 십 리 안쪽의 창공을 열 구의 강시오가 날고 있습니다."

옆에 있던 신타귀 장로가 강시오에 대해 짤막하게 설명을 덧붙이자 부호들의 눈이 호기심으로 반짝거렸다.

황전노는 수정구를 보며 신기한 듯 물었다.

"강시오가 보는 광경이 저 수정구에 나타난단 말인가?"

"그렇지요. 굳이 무림서생이 아니더라도 주변 상황을 확인해 볼 참이었습니다. 풍운이 여기까지 왔다는 건 무림서생 일당이 근처에 있다는 얘기인데, 당최 십천백지와 제갈세가는 뭐 하고 있는 건지 모르겠군요."

황사의가 말을 받았다.

"그러면서 풍운의 흔적도 추적하고 말이오?"

방우는 고개를 끄덕이는 것으로 대답을 대신했다.

모두의 시선이 전장과 수정구를 번갈아 살폈다. 그런데 주문을 외우던 대주술사가 당황하며 말했다.

"강시오들이…… 사라졌습니다."

방우가 어처구니없다는 표정으로 눈을 껌뻑거렸다. 그때, 수정구에 황량한 평야가 나타났다. 창공에서 아래를 내려다보는 광경이었다.

대주술사가 굳은 얼굴로 방우를 보며 말했다.

"동쪽 하늘에 있는 강시오 한 마리만 연결됩니다. 나머지는…… ."

순간, 수정구가 까맣게 물들더니, 방금 나타났던 평야의 모습도 사라져 버렸다.

대주술사가 방우를 보며 신음을 흘렸다.

"으음, 그 한 마리도 지금 연결이 끊겼습니다."

*　　　　　*　　　　　*

구우우우우.

높은 하늘을 나는 황금빛 비둘기, 금광구가 방금 목을 물어 죽인 강시오를 뱉어내며 울었다.

뇌황 교주가 죽으면서 주인과 영적으로 연결되어 있던 또 한 마리의 금광구도 따라 죽었다. 즉, 이제 세상에 남은 유일한 금광구인 셈이었다.

자신에게 맡겨진 임무를 마친 금광구는 홀가분한 마음으로 방향을 틀었다.

자신의 주인인 천마검이 있는 곳을 향하여.

*　　　　　*　　　　　*

이평을 비롯한 정파인들은 발을 동동 굴렀다.

자신들을 보호하기 위해 앞에서 싸우는 사파인들이 계속 비명을 지르며 쓰러지고, 전선도 계속 뒤로 밀리고 있으니 좌불안석일 수밖에 없었다.

예상 못한 천마검의 등장으로 가장 강력한 적인 강시

왕이 전장에 합류하지 않은 것만으로도 다행이라 생각할 수 있었다. 그러나 심검까지 구사한 천마검 역시 악전고투(惡戰苦鬪)하고 있으니 심장이 바짝바짝 타들어 갔다.

이평 옆에 있던 수제자 이수가 낮은 목소리로 조심스럽게 물었다.

"풍운검은…… 무림서생님을 모시고 빠져나간 걸까요?"

이평은 멀찍이 떨어져 있는 구릉을 보며 잠시 침묵하다가 혼잣말처럼 답했다.

"차라리 그랬으면 좋겠구나."

혈인이 된 무림서생의 상태는 매우 위중해 보였다. 어쩜 저 구릉 너머에서 풍운이 응급처치를 하고 있을지도 모를 일이었다.

그럼에도 이평은, 천마검과 사파인들에게는 정말 미안하지만, 무림서생이라도 살아서 돌아갔으면 하는 바람이 간절했다. 그렇게 해서라도 후일을 도모할 수 있기를.

사파인들 중 한 명이 정파인들을 향해 외쳤다.

"도망치시오! 어서!"

이평은 입술을 질끈 깨물었다. 그 사파인의 외침이 너

무 절박하고 처절했기에.

그들 역시 이 전투가 패색이 짙다는 것을 이미 간파하고 있었다. 또한 이수가 생각한 것처럼 풍운이 무림서생을 데리고 빠져나갔다고 여기는 것이다.

정파인들은 주변 동료들을 마주 보다가 이내 이평을 향해 시선을 모았다.

이평은 한숨을 한차례 크게 내쉬고는 입을 열었다.

"도망칠 힘도 없지만, 그래도 사방으로 뿔뿔이 흩어지면 일부는 살 수 있을지도."

"……."

"갑시다. 이곳에 남아 있어봐야 조금의 도움도 주지 못할 터. 차라리 빠져 주는 것이 저들의 부담을 덜어주는 것일 테니."

그때, 누군가가 외쳤다.

"무림서생께서 동료들과 다시 돌아올 겁니다."

이평은 다시 한숨을 내뱉고 대꾸했다.

"만약 그렇다 해도 마찬가지입니다. 우리가 있어봐야……."

자신들의 초라한 모습이 싫어서 말꼬리를 흐리는 이평.

정파인들의 눈이 다시 전장으로 향했다.

"으아아아악!"

"막아라! 막아! 뚫리면 그 순간 전멸이다!"

쨍쨍쨍쨍쨍! 퍼퍼퍼퍼펑!

악다구니를 쓰며 저항하는 사파인들. 그럼에도 전선은 또 뒤로 크게 밀려났다.

사파인의 주검들이 쌓였고, 마물들은 계속 전진해 왔다.

정파인들의 눈이 붉게 젖었다. 그러나 이평의 말이 옳기에 안타깝지만 돌아서야만 했다.

한 명, 두 명…… 그렇게 모두가 돌아서 걷기 시작했다. 이평도 그들과 함께 걸었다.

걸어가는 이평의 눈에서 갑자기 눈물이 왈칵 쏟아졌다. 힘없는 자신이 싫고 슬펐다.

악(惡)은 왜 이렇게 강한 것일까?

순간, 그의 귀에 희미한 소리가 들렸다.

쿵, 쿵, 쿵, 쿵, 쿵…….

발로 땅을 치는 소리.

전장의 함성과 비명에 묻혀 그 소리는 아주 작았다. 그러나 규칙적으로 울리는 그 발 구르는 소리에 이평은 고개를 돌렸고, 이내 입술을 꾹 깨물었다.

자신들과 함께 싸운, 이름도 모르는 한 동료가 한 발을 쿵쿵 땅에 찧고 있었다. 모두가 돌아서서 흩어지는 와중에 그 홀로 발을 구르며 제자리를 지키고 있었다.

그가 할 수 있는 작은 응원. 그러나 지금껏 싸운 전우들과 함께 죽겠다는 신념의 큰 표현.

흩어지던 정파인들이 그 사내를 보며 멈춰 섰다. 여기저기에서 눈물을 흘리는 이들이 속출했다.

그들은 다시 돌아서 전장을 보며 발을 구르기 시작했다.

쿵, 쿵, 쿵, 쿵, 쿵……!

두 명이, 네 명이, 열 명이…… 그리고 마침내 모두가 자신의 자리에서 발을 굴렀다. 그것은 북소리가 되어 허공으로 퍼져 나갔다.

사파인들 중 숨을 돌리기 위해 뒤로 빠져 있던 이들이 그 광경에 입술을 깨물었다.

허공에서 부딪치는, 서로의 끈끈한 시선들.

양쪽이 모두 미소를 머금었다.

함께 싸우지는 못한다.

그러나 생사를 함께하는 그들 모두는 동지였으며, 전우였고, 가슴 뜨거운 무사였다!

*   *   *

"됐어요. 날뛰던 진기는 가라앉혔지만, 내공이 얼마 남지 않았다는 것을 잊지 말아요. 정말 큰일 날 뻔했다고요."

풍운은 땀을 훔치며 천류영의 몸에서 손을 뗐다.

반 각이 조금 넘는 시간 동안, 풍운은 천류영의 혈도를 짚으며 치료했던 것이다. 시간이 없다는 천류영을 움직이지 못하게 마혈까지 짚어가는 강수를 두면서.

비로소 몸을 움직일 수 있게 된 천류영은 구릉 너머에서 들려오는, 치열한 전투가 만들어내는 소음을 들으며 고개를 저었다.

"천운이었다."

만약 구악이 쫓아왔다면 풍운까지 위험해질 수밖에 없었다. 그걸 아는 풍운도 동의하는 얼굴로 대꾸했다.

"예. 하지만 어쩔 수 없었다니까요. 그냥 두면 형님은 폐인이 됐을 거라고요."

방금 당도해 호흡을 갈무리하던 낭왕과 무적검이 그제야 걱정을 덜었다는 표정으로 엷은 미소를 지었다.

초췌한 얼굴의 천류영은 그 세 사람의 몰골을 보며 한숨을 삼켰다. 이들도 십천백지와 힘겨운 전투를 치르고 온 것임을 한눈에 알 수 있었기에. 그러나 지금은 지난 일을 논할 때가 아니기에 급히 말했다.

"어서 가서 도와주셔야 합니다. 지금도 많은 이들이 죽어가고……."

낭왕이 천류영의 말을 끊었다.

"사령관은 저들과 함께 오시오."

풍운이 말을 받았다.

"지휘만 해요. 싸우면 안 돼요! 알았죠?"

서쪽에서 천이백여 정파인들이 몰려오고 있었다. 천류영은 그들을 보며 힘차게 고개를 끄덕이다가 문득 든 생각에 눈살을 찌푸렸다.

"풍운, 무애검은?"

"설이 누님이 가지고 있어요."

풍운은 그 말과 함께 구릉을 넘어가 버렸다. 낭왕과 무적검도 뒤이어 사라졌다.

천류영은 크게 심호흡을 하며 요대 안쪽을 손으로 더듬었다. 그러자 작은 환단 한 알이 손에 잡혔다.

잠력단.

천류영은 그 잠력단을 바로 삼켰다.

일각 후부터 반 시진 동안 다시 싸울 수 있으리라. 그 대가로 백 일간 내공을 쓸 수 없을지라도.

고민할 필요도 없었다.

오늘 여기서 끝장을 내야 한다.

그러지 못하고 도망치게 되면, 지금도 거악(巨惡)인 배교는 이 전투의 승리를 바탕으로 더욱 세력을 확장할 것이다.

오늘 저들을 물리치지 않으면, 앞으로는 몇 배, 몇 십 배 더 비싼 대가를 치러야 한다. 상상도 할 수 없는 큰 희생을 치르고도 승산을 장담할 수 없을 것이다.

배교는 자신과 천마검을 막기 위해 더 많은 특강시와 철강시들을 만들어낼 것이고, 악을 추종하는 사악한 인간들과 오로지 이득만을 탐하는 기회주의자들을 끌어 모을 것이다. 단 위에 있던 부호들도 경각심을 가지고 전폭적인 지원을 하게 될 테고.

그렇게 무너지지 않는 그들만의 거대한 악의 왕국을 건설해 나갈 것이다.

그걸 알기에 천마검도 끝까지 싸우고 있는 것이다.

마침내 정파인들이 천류영이 있는 곳까지 당도했다.

혈인이 되어 있는 천류영을 보며 정파인들은 입술을 깨물었다. 천류영 역시 그들의 초췌한 몰골과, 으레 선두에 있어야 할 사람들이 많이 보이지 않는 모습에 한숨을 삼켰다.

심장이 아파 말하는 것조차 힘들었다.

독고설이 천류영을 아픈 눈으로 보며 입술을 깨물었다.

그러고는 묵묵히 다가와 무애검을 건네고, 구릉 정상을
보며 말했다.

"싸우러 가죠."

그렇다.

지금 할 말은 이것으로 충분했다. 죽은 자를 위한 애도
는 전투 후, 살아남은 자들의 몫이다. 지금은 한 사람이라
도 더 살리기 위해 싸워야 할 시간.

천류영이 고개를 끄덕였다.

"가자!"

5

천류영은 구릉의 정상을 향해 발을 내디디려다 흠칫하
며 멈춰 섰다.

풍운, 낭왕, 그리고 무적검에게 말했듯이, 지금은 한시
라도 빨리 넘어가 아군을 도와야 했다. 그러나 천마검이
자신을 던지며 했던 말이 벼락처럼 뇌리를 스쳤다.

지휘를 부탁한다고.

천류영은 입술을 꽉 깨물며 구릉의 정상을 노려보았다.
저 너머에서 아스라이 들려오는 함성과 비명이 비수가 되
어 가슴을 쑤셔 댔다. 초조함이 자신을 삼켜 버릴 것만 같

앞다.

그러나…… 무작정 도우러 가는 것이 능사는 아니다.

자신은 사령관. 넓게 보아야 한다.

가슴은 뜨거울지라도 머리는 차가워야 했다.

천류영은 천천히 심호흡을 하며 돌아섰다. 정파인들이 그런 천류영을 보며 고개를 갸웃거렸다. 하지만 그것도 잠깐. 모두는 천류영을 보며 침묵했다.

다른 사람도 아닌 천류영이 이런 모습을 보인다는 건, 그만한 이유가 있다는 의미니까.

천류영은 정파인들을 찬찬히 살폈다.

누구누구가 있고 없는지 파악하기 위해서.

부대의 전력을 정확하게 파악하는 것은 사령관의 기본이었다.

동시에 그의 머리는 또 다른 생각으로 핑핑 돌았다.

자신이 천마검에 의해 허공에 떠올랐을 때 눈에 들어온 전장의 풍경. 비록 잠깐이지만 천류영은 그 전체를 기억하고 있었다.

강시견과 철강시 군단을 상대로 혈투를 벌이는 사파인들. 그들의 전선은 금방이라도 무너질 듯이 위태로웠다. 또한 사파인들 뒤에 있는 정파인들은 이미 기력을 소진한 상태.

배교의 수뇌부와 부호들이 있는 높은 단.

그 단 주변으로 이천에서 삼천? 그 정도의 호위무사들이 있었다. 정파 일군과 치열한 접전을 펼친 그들은 휴식을 취하면서 전투를 구경하고 있었다.

그리고 단 앞으로 몇 구의 강시가 있었는데, 아마도 특강시일 것이다.

단 위의 배교 수뇌부는 그 특강시들을 전장에 언제쯤 투입할까?

슬슬 투입 시기를 저울질 하고 있을 수도, 끝까지 단 주변을 호위하게 할 수도 있었다.

천류영의 눈에 이채가 스쳤다.

풍운과 낭왕, 그리고 무적검.

세 초고수의 참전, 그로 인해 무너지려는 사파의 전선은 위기를 잠시 벗어나며 다시 전열을 갖출 시간을 벌 수 있을 터다.

자신이 배교 수뇌부라면?

그리고 이 싸움을 구경 온 부호들이라면?

끝나가던 전투가 다시 하염없이 길어지는 것을 원하지 않을 것이다. 즉, 남은 특강시들을 전장에 투입할 시기가 머지않았다.

빠르게 생각을 마친 천류영의 입이 열렸다.

"당 가주님, 혹시 가지고 있는 독이 있습니까?"

그의 물음에 당천위 가주가 안타까운 표정을 머금었다. 그는 곧바로 뒤에 있는 당문 수하들에게 눈을 돌렸는데, 모두가 고개를 저었다. 십천백지와 격전을 펼치면서 가지고 있던 독과 암기를 모두 소진한 것이다.

그때, 독찰녀와 당남우가 손을 들었다.

"학정홍(鶴頂紅)이 있긴 한데, 너무 조금이라……."

"신선폐를 가지고 있습니다."

순간, 천류영의 눈이 빛났다. 그는 당남우를 지나쳐 독찰녀에게 다가가 노루 가죽 주머니를 건네받았다.

학정홍.

학의 벼슬에서 추출한 극독.

천류영이 묘한 미소를 머금자 독찰녀가 의아한 얼굴로 말했다.

"고작 그것뿐인데……."

천류영이 바로 말을 받았다.

"예전 귀가에서 썼던 전략, 무형지독과 같습니다."

"……?"

"가짜를 진짜로 믿게 만드는 것. 그렇게 잠깐 시간을 벌 수 있다면, 우리는 단 위로 가는 길을 열 수 있습니다."

"……!"

"전장을 유희로 여기는 악당들에게 한 방 제대로 먹여
줍시다."

*   *   *

녹림십팔채의 세 두령.

거권, 무령, 웅숙 채주.

'새롭고 당당한 녹림'이라는, 아소채주인 광혈창과 뜻
을 함께한 세 채주의 입에서 단내가 났다.

바로 한 구의 특강시 때문이었다.

거권 채주와 무령 채주는 절정고수였으며, 웅숙 채주는
특급 고수였다. 그런 세 고수가 힘을 합친 이유는 특강시
를 서둘러 제압하고 수하들을 돕기 위해서였다.

그런데 정작 특강시와 충돌하니 빠른 제압은커녕 계속
뒤로 밀려나고 있었다.

쇄애애액! 쨍쨍, 쩌엉!

무령 채주의 거치도가 구악의 허리를 베었다.

거권, 웅숙 채주가 좌우에서 협공하며 허점이 드러나
게 도와준 덕분이었다. 그러나 마물의 허리에서는 시퍼
런 불똥이 튀는 것이 고작이었다. 세 채주의 눈이 흔들
렸다.

이게 말이 되는가.

강시왕도 아닌 일개 마물의 동체가 금강불괴란 것이!

"으아아악!"

계속 몰리다가 간만에 노린 회심의 공격이 무위로 돌아간 무령 채주는 물러나야 함을 알면서도 노성을 지르며 다시 거치도를 휘둘렀다.

쨍쨍쨍쨍쨍쨍, 째애앵, 쨍!

"어디, 네가 죽나, 내가 죽나 해보자, 이 마물아!"

거권 채주가 화들짝 놀라 외쳤다.

"피하시오!"

그러나 무령 채주는 이를 악물고 구악의 검과 계속 충돌했다. 수하들 볼 면목이 없어서였다. 벌써 많은 수하들이 죽었고, 지금도 죽어 나가고 있었다. 그 녀석들의 비명에 무령 채주의 눈이 뒤집혔다.

어서 이 마물을 없애고 수하들을 도와야 하거늘.

쨍쨍쨍쨍쨍, 째애애앵!

거권과 웅숙 채주는 곤혹스러웠지만, 다시 협공하기 위해 발을 내디뎠다. 무령 채주의 심정을 어찌 모르겠는가. 그러나 지금 무령 채주로 인해 어렵게 맞춰가던 합격의 균형이 깨졌다.

파앗! 서걱!

"크흑!"

무령 채주의 눈동자가 흔들렸다. 자신의 왼팔이 베어져 허공으로 떠올랐다.

무령 채주의 팔을 벤 구악이 숨통을 끊기 위해 손날을 뻗었다.

콰드드득!

무령 채주는 몸을 덜덜 떨면서 고개를 떨어트렸다. 마물의 손날이 가슴을 파고들어 늑골을 부러트렸다. 그의 귀로 거권, 웅숙 채주가 비명 같은 절규를 내지르는 것이 들렸다.

파악!

구악의 손이 빠져나오며 가슴에서 핏줄기가 사방으로 뻗어 나와 흩어졌다.

두근두근.

자신의 가슴 안에서 힘차게 박동 쳐야 할 심장이 지금 마물의 손에 쥐어져 있었다. 시뻘건 심장에서 핏줄기가 사방에 튀었고, 하얀 김이 모락모락 올라왔다.

콰직!

마물의 손에 심장이 두부처럼 으깨졌다.

그나마 다행이라고 해야 할까?

무령 채주의 몸은 이미 땅으로 무너져 내려 그 참혹한

광경을 보지 못했다.

"이노오오옴!"

"죽어라!"

거권과 웅숙 채주가 독기 오른 눈으로 도검을 휘둘렀다. 그러나 까만 얼굴에 무표정한 구악은 가볍게 발을 차며, 뒤로 미끄러지듯이 물러나 공격을 피했다.

애꿎은 허공만 벤 두 채주가 다시 달려들었고, 구악도 멈춰서 검을 치켜세웠다.

그때, 구악의 옆으로 광풍이 덮쳤다. 구악의 고개가 그리로 돌았고, 허공을 날아온 풍운이 검을 휘둘렀다.

콰창!

그의 검이 구악의 얼굴 한가운데를 강타했다.

하지만 풍운의 입에서 '어?' 하는, 황당하다는 소리가 튀어나왔다. 당연히 얼굴이 갈라질 거라 생각했는데, 불똥이 튀며 뒤로 나동그라지는 것이 전부였다.

삼 장여 뒤로 튕겨 나가며 후위에 있던 철강시 몇 구까지 튕겨낸 구악은 곧바로 일어나 풍운을 노려보았다.

풍운의 눈빛도 차갑게 가라앉았다.

이곳으로 오면서 천마검이 강시왕과 싸우는 모습을 잠깐 보았다. 비록 잠깐이지만, 자신 정도의 고수가 소름이 돋을 정도로 어마어마한 대결이었다. 주변이 완전히 초토

화되었고, 수십여 도검들이 허공을 날아다녔다.

하지만 풍운은 그 광경에 의아함도 느꼈다.

강시왕은 모르겠지만, 특강시는 먼저 정리했어야 하는 것이 아닌가. 그래야 강시왕을 상대하는 것이 훨씬 수월할 텐데.

다른 사람도 아닌 천마검이기에 무슨 까닭이 있을 거라고 생각했는데, 지금의 일격으로 충분히 그 사정을 간파할 수 있었다.

이 특강시, 단순히 힘만 센 마물이 아니었다.

강시왕이 탄생하고 각성하면서, 이 마물도 그 영향을 받는 것이 분명했다. 아마 강시왕이 품고 있는, 거대한 죽음의 기운이 특강시를 이렇게 만들었으리라.

풍운은 다른 사람들보다 유달리 기운에 민감한 편이었다. 오죽했으면 사 년 전, 용락산에서 한참 전에 사라진 배교 강시의 기운을 감지했을까.

그런 풍운이기에 이 전장 전체를 휘감고 있는 죽음의 기운 때문에 신경이 곤두서 있었다.

풍운은 입술을 지그시 깨물었다.

만약 자신의 추론이 맞는다면…… 강시왕을 없애는 것만이 유일한 해결책이 될 터였다.

문제는 강시왕을 상대하기 위해 이 특강시를 방치할 수

가 없다는 점이다. 그랬다가는 이곳에 있는 사람들이 모두 죽게 될 테니까.

풍운은 좌우로 따라붙은 두 명의 채주를 향해 말했다.

"이놈은 제가 맡죠."

일단 더 싸워봐야 했다. 자신의 생각이 맞는지 확인하기 위해서라도.

어쨌든…… 풍운의 폭풍 같은 등장은 꺼져 가던 사파인들의 기세에 다시 불을 지피는 데 성공했다. 사파인들이 뜨겁게 환호성을 질러 댔다.

"풍운검이 왔다. 우와아아아아!"

무림서생을 데리고 떠났을 거라고 생각한 풍운이 돌아온 것이다. 뿐만 아니라 빠른 속도로 달려오는 두 명의 고수가 눈에 들어왔다.

"내가 낭왕이다!"

"곤륜의 무적검 한추광이다!"

그들은 순식간에 전장에 합류해 철강시와 강시견들의 진형 안으로 파고들었다.

콰아아아아아앙!

낭왕이 밟은 진각에 마물들이 기우뚱거렸다.

퍼러러럭, 쇄애애액! 쩽쩽쩽! 퍼억!

거침없이 달리며 박도를 휘두르는 낭왕으로 인해 철강

시들이 연이어 고꾸라졌다.

무적검 한추광은 그의 탁월한 경신술로 철강시들의 눈을 어지럽혔다.

쇄애액, 쇄액! 파파파팟!

철강시들은 무적검을 향해 검을 찔러 넣고 거칠게 휘둘렀다. 그러나 무적검은 그 검들 사이를 미꾸라지처럼 피해 나가며 철강시들끼리 서로 칼을 꽂아 넣는 진풍경을 만들기도 했다.

동시에 그의 검도 착실하게 철강시들의 숨통을 끊었다.

우우우우웅, 서걱!

도강이 맺힌 낭왕의 박도가 철강시의 몸을 토막 냈다. 아직 절대고수는 아니지만, 희미한 검강을 시현한 무적검의 검도 마물들의 몸을 찢거나 두들기며 앞으로 나아갔다.

가히 파죽지세!

그러나 정작 낭왕과 무적검의 눈동자는 흔들리고 있었다. 예상보다 철강시들의 움직임이 빨라서 기대한 것만큼 피해를 주지 못하고 있었기 때문이다.

또한 공력을 많이 소진시키며 동체를 갈기갈기 찢어버린 철강시 외에는 다시 몸을 일으켜 달려드는 모습에 침을 삼켜야 했다.

이런 식이면 내공이 먼저 바닥날 위험이 있었다. 취존

과의 대결로 이미 많은 공력을 소진한 것이 안타까운 순간이었다. 게다가 낭왕은 어깨에 깊은 부상까지 입은 상황. 그의 어깨에 두른 붕대가 피로 젖기 시작했다.

어쨌든 낭왕과 무적검의 속내를 모르는 사파인들의 함성은 더욱 커져 갔다.

"와아아아! 싸우자! 우리는 이길 수 있다!"

"복수하자! 마물들과 배교 놈들을 깡그리 죽여 버리자!"

뒤에서 이 모든 것을 지켜보는 정파인들도 더 힘껏 발을 굴러 댔다.

쿵, 쿵, 쿵, 쿵, 쿵!

다시 분위기가 고조되는 가운데, 풍운은 눈앞의 구악에 집중했다.

낮게 크르릉거리는 짐승 소리를 내며 다가오는 구악의 검은 몸뚱이는, 마물답지 않게 어느 곳 하나 허점이 보이지 않았다.

풍운은 빙봉의 말을 상기했다. 철강시는 천령혈이나 명문혈을 연속으로 찌르면 공격이 효과가 있다는.

가능할까?

철강시가 아니라 특강시다. 또한 이곳은 강시왕이 함께하는 전장.

그러나 지금은 의문을 품을 때가 아니라 움직일 때였다. 자신이 이렇게 구악과 대치하고 있는 순간에도 주변에서 사파인들이 죽어가며 울부짖는 소리가 귀를 아프게 울렸다.

풍운이 땅을 박찼다.

퍼엉!

그가 흐릿한 잔상만 남기며 제자리에서 사라졌다.

풍운의 빠름에 아직 적응하지 못한 구악의 눈동자가 흔들렸다.

파앗!

구악의 머리 위에서 나타난 풍운이 세상에서 가장 빠른 검, 천섬(天閃)을 구사했다.

파파파파파팟!

찰나의 순간, 두 번 연속이 아니라 무려 여섯 번의 찌르기가 구악의 정수리, 천령혈을 찍었다.

그런 후, 빠져나오는 풍운의 검을 구악이 제 검으로 후려쳤다.

쩌엉!

이번엔 풍운의 눈동자가 흔들렸다.

효과가 없었다.

그러나 그는 당황하지 않고 연격을 펼쳤다.

빠름만을 추구하던 풍운의 검이 무거움을 품었다.

중검(重劍).

천 근과도 같은 무거움이 구악의 옆구리를 베었다.

차아아앙!

구악의 옆구리에서 붉은 불똥이 튀며 얇은 생채기가 났다. 그와 함께 옆으로 사정없이 팽개쳐지는 구악.

풍운은 날아가는 구악을 향해 짓쳐 들며 이를 악물었다.

"으음."

잇새에서 절로 신음이 흘러나왔다.

중검을 정통으로 맞았는데도 허리가 베어지지 않다니! 오히려 자신의 손목이 아릿하게 아파올 정도였다.

파앗!

비틀거리며 다시 일어나는 구악 앞으로 쇄도한 풍운이 기합을 지르며 검을 내리그었다.

구악은 여전히 제대로 대응하지 못했다. 일격은 벼락처럼 빠르더니, 이격은 태산처럼 무거운 검법.

"하압!"

순간, 풍운과 구악 사이의 공간이 멈춘 듯싶었다.

삼격은 만검(慢劍).

처음으로 구악의 표정에 약간의 변화가 생겨났다.

주변의 흐름이 기이하게 느려진 것에 적응을 하지 못하고 고개를 갸웃거릴 수밖에. 구악의 검이 움직였지만, 때를 맞추지 못하고 먼저 빈 허공만 베며 지나갔다.

콰앙!

풍운의 만검이 구악의 얼굴을 강타했다. 구악은 뒤로 날아가며 또다시 주변의 철강시들을 뭉갰다.

그렇게 구악을 상대로 압도적인 무력을 펼치는 풍운을 보며 사파인들의 표정이 밝아졌다. 그러나 풍운의 얼굴은 더 굳어갔다. 쓰러진 구악이 다시 일어서는 모습에 기가 질릴 정도였다.

파라라라!

쨍쨍쨍쨍, 퍼퍼퍼엉!

풍운은 앞을 막아서는 철강시들을 후려치고 날려 버리면서 다시 구악을 덮쳤다.

절대극쾌!

구악이 어정쩡하게 일어선 자세에게 급히 검을 들어 막았다. 순간, 풍운의 절대극쾌가 자연스럽게 변검(變劍)으로 화하며 구악의 검을 피했다.

쩌엉!

구악의 목과 충돌하는 풍운의 검.

구악이 몸을 부르르 떨면서도 자신의 검을 휘둘렀다.

슈각!

풍운은 급히 몸을 빙글 돌리며 피하고, 이어서 발로 옆구리를 후려 찼다.

콰창!

고꾸라질 듯하다가 중심을 잡는 구악을 향해 풍운의 검이 들이닥쳤다.

쩡쩡쩡쩡쩡쩡쩡……!

그야말로 무수한 벼락이 쉬지도 않고 떨어지는 것과 같았다. 검강이 맺힌 풍운의 검이 주변을 온통 휘황찬란한 빛으로 감쌌다.

풍운의 뒤에서 이 광경을 본 사파인들은 입을 쩍 벌렸다.

그렇게 내공을 폭발시키며 찰나에 수백여 합의 베기와 찌르기를 구사한 풍운이 마침내 동작을 멈췄다.

더 공격을 진행하는 건 무리. 진기가 진탕될 조짐을 보이고 있었다. 잠깐이라도 숨을 돌리며 진기를 가라앉혀야 할 때!

"하아아, 하아아……."

풍운이 격한 호흡을 내뱉으며 앞에 서 있는 구악을 노려보았다. 머리 한쪽이 띵, 울리는 듯한 현기증이 몰려들었다.

휘이이잉.

구악이 입고 있는 상의가 갈가리 찢겨져 바람에 날아갔다.

현저하게 흐려진 붉은 안광. 마물의 입에서 낮은, 울음 같은 소리가 새어 나왔다. 까만 몸에 수없이 생겨난 검흔에서 까만 피가 주르륵 흘렀다.

"크르르르……"

풍운이 힘주어 말했다.

"제발……."

풍운의 음성은 간절했다.

이번에도 쓰러지지 않으면 대책이 없었다. 아까 추론한 것처럼 강시왕을 노리는 수밖에. 그러나 그동안 얼마나 많은 이들이 죽어 나갈지 짐작조차 되지 않았다.

풍운이 이곳에 오면서 본 사파인들은, 이미 대부분이 한계를 넘어선 상태였다. 곧 뒤에서 기력을 잃고 서 있는 정파인들과 비슷한 처지가 될 이들이 많았다.

그래서 더 특강시를 쓰러트려야 했다.

사기가 진작되면서 없는 힘까지 더 끌어낼 수 있게. 정파인들에 이어 사파인들까지 탈진하게 되면, 이 전투는 승산이 없었다.

털썩.

마물의 한쪽 무릎이 땅에 닿았다. 그러고는 그의 몸이 앞으로 기울더니 고꾸라졌다.

쾅!

마침내 구악이 무너지자 사파인들의 함성이 노도처럼 터져 나왔다. 후위 정파인들도 발을 구르며 목청껏 함성을 질렀다.

"우와아아아!"

"풍운검이 특강시를 쓰러트렸다아아아!"

물론 풍운의 입가에도 비로소 엷은 미소가 피어났다.

"다행이다."

그는 미소를 지으면서 한편으로는 혀를 내둘렀다.

마물 하나를 상대하면서 이렇게 많은 내공과 심력을 쏟게 될 줄이야.

그런데 지금 천마검은 강시왕뿐만 아니라 여러 구의 특강시와 싸우고 있었다.

절로 고개가 저어졌다.

강시왕과 아직 직접 붙어본 건 아니지만, 그 싸움이 얼마나 험악할지 짐작이 갔기에.

그때, 단 위에서 들려오는 소리에 정파인과 사파인들이 흠칫했다. 풍운의 얼굴도 다시 굳었다.

청천벽력 같은 고함.

"남은 여섯 구악을 모두 투입한다!"

한편, 독고설과 팽우종, 그리고 하일이 전장의 후위에 있는 정파인들 뒤로 이동하고 있었다.

천마검에게 무애검을 전달하기 위해서.

6

풍운은 땅을 박차며 달렸다.

슈각, 쇄액, 쨍쨍, 째애앵. 퍼퍼펑!

미친 듯 검을 휘두르며 달리는 그의 신형이 조금씩 떠오르더니, 철강시들의 머리를 징검다리마냥 밟으며 나아갔다.

퍼퍼퍼퍼퍼퍼퍽!

눈을 의심케 할 정도의 빠름에 철강시들이 헛손질을 하며 풍운을 놓쳤다. 게다가 발에 밟힌 철강시들이 픽픽 쓰러졌다.

빙그르르.

때론 허공에서 공중제비를 돌았다. 간혹 섬뜩한 일 수를 내뻗는 철강시들이 있어서.

아마 생전에는 제법 이름 좀 날린 고수였으리라.

풍운은 그 와중에 낭왕과 무적검을 찾았다. 그 두 사람

역시 철강시 군단을 우회해 이동하고 있었다.

자신과 같은 생각인 것이다.

여섯 구의 특강시가 투입되면 사파인들의 전선은 결코 버티지 못한다. 십중팔구 단숨에 무너질 터. 미리 차단하는 것이 상책이었다.

물론 뒤에 남게 될 사파인과 정파인들이 얼마나 철강시에게 저항할 수 있을지 걱정되지만, 어쩔 수 없었다. 그들이 버텨주기만을 바랄 수밖에.

지금으로선 이것이 최선이다.

그러면서 동시에 의아한 생각이 들었다.

왜 천류영 형님과 정파 동료들이 아직까지 움직이지 않는 건지 이상했지만, 믿었다. 천류영 형님이니까.

바람처럼 빠르게 이동하던 풍운이 철강시 군단의 후위에 착지했다.

"내가 최대한 많이 상대해야 돼. 최소 서너 구는."

풍운은 혼잣말을 하며 검을 쥔 손에 힘을 주었다. 지금 낭왕의 상태는 최악에 가까웠다.

취존과의 싸움에서 중심이며 선두였기 때문에 제일 많은 타격을 입었다. 당연히 체력이나 내력이 많이 떨어진 상태이며, 어깨의 부상도 꽤 심각한 편이었다.

무적검은 그나마 나았지만, 역시 내공을 상당히 소진했

다. 공력을 많이 잡아먹는 운룡대팔식을 취존과 싸우는 내내 펼쳐야 했으니까.

"그래, 내가 해야 해. 할 수 있어!"

풍운은 계속 혼잣말을 하며 쇄도해 오는 구악들을 향해 거침없이 달려갔다.

뒤에서 낭왕과 무적검이 당황하며 함께 가자고 외쳤지만, 귓등으로 흘렸다.

잘난 척하기 위함이 아니었다. 구악과 붙어본 풍운은 그 마물이 얼마나 위험한지 잘 알고 있었다.

지금 낭왕과 무적검의 상태로는…… 한 구는 몰라도 두 구는 승산이 없었다. 그리고 무엇보다 풍운은 낭왕과 무적검을 잃고 싶지 않았다.

후회는 일존, 그리고 취존과의 싸움으로 충분했다.

퍼러러러럭!

풍운의 옷이 찢어질 듯이 펄럭거렸다. 그리고 마침내 그가 마주 오는 여섯 구악의 가까이에서 떠오르며 빙글 돌았다.

회선무!

천궁의 무공 중 가장 많은 내공을 소모시키는 무공.

방금 전에 진기가 진탕될 뻔한 풍운의 상태를 고려하면, 득보다 실이 많은 시도였다. 그럼에도 풍운은 망설이

지 않았다.

이것을 보여줘야 낭왕과 무적검이 안심할 테니까. 그래야 자신이 서너 구의 구악을 상대하더라도 믿고 지켜봐 줄 테니까.

콰콰콰콰콰콰아앙!

가운데 네 구의 구악이 뒤로 나동그라졌다. 그러나 가장자리에 있던 두 구의 구악은 흠칫 몸을 떨다가 다시 앞으로 발을 내디뎠다.

그 두 구의 구악을 향해 낭왕과 무적검이 장력을 날렸다. 그러자 풍운에게 달려들던 두 마물이 각각 낭왕과 무적검을 향해 방향을 틀었다.

무적검이 낭왕에게 물었다.

"풍운 소협이 무리하는 것이 아닐까요? 홀로 네 구를 상대하려는 것 같은데."

낭왕이 쓴웃음을 지으며 대꾸했다.

"제 생각에도 쉽지 않을 것 같습니다."

그러면서도 낭왕은 풍운의 움직임을 눈으로 쫓으며 입술을 깨물었다. 그는 조금 전부터 풍운의 모습을 보며 아까 취존과의 대결을 떠올리고 있었다.

'풍운은 무리를 짓는 늑대가 아니라 호랑이라는 것을 염두에 두어야 했어.'

뒤늦은 자책이었다. 합격이 아닌, 홀로 싸우는 풍운은 자유로웠다. 자유로워진 만큼 훨씬 강해 보였다.

일존부터 취존까지, 너무 강한 상대들이라 풍운 홀로 대적하는 건 무리라고 판단했다. 낭왕 개인적 복수심도 한몫했다. 그러나 지금 풍운의 움직임을 보니, 녀석을 너무 과소평가했다는 생각이 든 것이다.

무적검이 말했다.

"우리가 빨리 한 구씩 제압하고 풍운 소협을 도와줘야겠군요."

"예, 최대한 서둘러서……."

낭왕은 말을 채 잇지 못했다. 구악이 자신을 향해 검을 찔러왔기에. 낭왕의 눈이 찢어질 듯이 커졌다.

공격해 오는 마물의 검에서 검기가 줄기줄기 폭사하고 있었다. 빠르게 피하는 낭왕의 귀로 무적검의 놀란 외침이 파고들었다.

"무, 무슨! 마물 따위가?"

정확히, 낭왕이 하고 싶은 말이었다.

풍운은 뒤로 자빠졌다가 벌떡 일어나는 구악들을 향했다. 저 마물 네 구가 모두 자신의 몫이었다.

슈가가각!

절대극쾌.

풍운의 검이 허공을 찢으며 먼저 쇄도한 구악의 얼굴을 갈겼다.

쾌창!

다시 뒤로 벌렁 자빠지는 구악 뒤에서 다른 두 구악이 도검을 날려 왔다.

풍운은 도검 사이로 몸을 피하다가 눈살을 찌푸렸다. 마지막 구악이 자신이 피하는 자리로, 정확하게 장력을 쏟아내고 있었다.

"제길······."

욕설을 뱉기 무섭게 장력이 풍운의 가슴과 충돌했다.

쾌앙!

"큭!"

입속에서 피비린내가 도는 것을 느끼며 고개를 숙였다.

부앙!

구악의 검이 풍운의 머리가 있던 자리를 매섭게 쓸고 지나갔다. 이 특강시는 어쩌면······ 생전에 천하제일인이나 최소한 십대고수였을 거라는 생각이 뇌리를 스쳤다.

퍼퍼퍼퍼퍽!

풍운은 한쪽 손으로 땅을 짚으며 발로 그 구악의 배

를 연이어 때렸다. 그러나 곧바로 위와 옆에서 파고드
는 다른 구악들 때문에 다시 몸을 회전하며 옆으로 이
동했다.

슈각.

이동한 자리로 떨어지는 검.

풍운은 앞머리가 살짝 베어져 날아가는 것을 느끼며 곧
바로 뒤돌아 검을 휘둘렀다.

슈쾅!

구악 하나가 팔뚝으로 풍운의 검을 막았다. 그러나 중
검의 힘을 못 이기고 뒤로 주르륵 밀려났다. 놈을 쫓으
려는 순간, 다른 구악 두 구가 좌우에서 검을 날려 왔
다.

쇄애액, 쇄애액!

구악들의 검에서 검기와 검사까지 줄줄이 뿜어져 나왔
다. 풍운은 속으로 또 욕을 뱉으며 땅을 박찼다.

퍼엉!

허공으로 솟구치는 풍운의 눈동자가 흔들렸다.

두 구악 역시 자신을 쫓아 허공으로 몸을 띄웠기에.

'으윽, 세 구만 맡을 걸 그랬나? 네 구는…….'

풍운은 잠깐, 아주 잠깐 후회가 들었다.

쨍쨍, 쨍쨍쨍쨍쨍쨍쨍!

"막아, 막으라고!"

"으아아악!"

"뒤로! 황수야, 뒤로 오라고! 내 뒤로 빠져!"

"아직 괜찮아. 조금 뒤에 교체해 줘. 조금은…… 커흑."

"인마아아아아아!"

사파인들이 악을 써 댔다.

풍운, 낭왕, 무적검의 활약으로 희망을 보았다. 그러나 그 희망은 곧 잔인하게 사라져 버렸다.

하지만 상황을 한탄만 하고 있을 수는 없었다. 지금 그들이 여섯 구의 구악을 막고 있음을 알기에.

그렇기에 버텨야 하는데, 팔에서 자꾸 힘이 빠졌다. 여기저기에서 애병을 놓치는 사태가 속출했다.

"하아아, 하아아……."

모두가 거칠게 숨을 몰아쉬었다. 극소수를 빼고는 모두의 체력과 내공이 바닥났다. 그렇기에 사파의 전선은 계속 뒤로 밀려나고 있었다.

눈에 핏발이 선 광혈창이 울부짖듯이 외쳤다.

"전선을 유지하라! 동료와 함께 물러나며 전선을 유지하라!"

명을 내리는 그의 코와 입에서 핏물이 주르륵 흘러나왔다.

눈앞의 구악이 정말이지 징글징글했다.

때리고, 쑤시고, 후려갈겨도 다시 일어나는 구악을 보며 광혈창은 태어나 처음으로 절망감을 느꼈다.

절대고수 앞에서도 투지를 잃지 않는 그가 뼈저린 좌절감에 빠져 버린 것이다.

쩌어엉!

그의 창이 구악의 명치를 찍었다.

그러자 서너 걸음 밀려난 구악이 계속 그래왔듯 무표정한 얼굴로 다시 발을 내디뎠다.

광혈창의 입에서 절로 장탄식이 흘러나왔다.

죽지 않는 마물.

이래서야 어떻게 이길 수 있겠는가.

그럼에도 포기할 수 없는 것이, 풍운이 한 구의 구악을 해치웠기 때문이다.

거권 채주가 외치는 절박한 목소리가 왠지 슬프고 허망하게 들렸다.

"다시 열 보 후퇴. 전원 열 보 퇴각하라!"

사파의 전선은 계속 뒤로 밀려났다. 그러자 그들 뒤에서 발을 구르며 응원하던 정파인들의 표정도 어두워졌다. 적지 않은 정파인들은 계속 눈물을 쏟아내고 있었다.

그때, 구릉 위에서 함성이 일며 삼백여 명의 정파인들이 쏟아져 내려왔다.

청성과 점창.

천류영은 단 위를 공격하는 것만큼이나 사파인들의 안위도 고려해야 했다. 그들이 무너지면 자신의 노림수도 의미가 없어지니까.

선두에 선 신검룡 나한민이 외쳤다.

"마물을 쓸어버리자!"

옆에 있는 청우 율사가 나한민에게 초조한 어조로 말했다.

"마물 군단의 허리를 노릴 때가 아니다!"

사파인들의 상태로 보아 옆이나 뒤에서 협공을 할 만한 여유도 없어 보였다.

그야말로 붕괴 직전의 일촉즉발 상황. 지금은 전선이 무너지지 않게 가장 앞에서 싸우는 이들을 도와줘야 했다.

나한민이 고개를 끄덕이며 동의했다.

"최전선으로 파고든다! 돌파하라!"

점창의 가일산 장로도 목청을 높였다.

"점창의 힘을 보여주리라! 가자!"

"우와아아아아!"

아직도 건재한 철강시가 무려 사천여 구.

그에 비해 등장한 정파인들의 수가 많지 않아 아쉽지만, 한계를 넘어선 사파인들에게는 한 줄기 빛과 같았다.

유일하게 밀리지 않고 팽팽한 대결이 이뤄지고 있는 곳, 천마검과 배교주의 싸움.

슈아아아앗!

천마검의 주변에서 예닐곱 개의 날붙이들이 떠올라 짓쳐 드는 구악들을 후려쳤다. 그런 후, 배교주 앞까지 단숨에 파고든 천마검이 땅 위에 있던 돌멩이를 걷어찼다.

슈쾅!

배교주가 검으로 돌멩이를 튕겨내는 순간, 천마검의 주먹이 배교주의 가슴을 강타했다.

콰직!

살짝 휘청하며 한 걸음 물러나는 배교주. 그러나 배교주의 입가에 걸려 있는 비릿한 미소는 사라지지 않았다.

천마검의 주먹이 득달같이 놈을 쫓았다.

퍼퍼퍼퍼퍼퍼퍼퍼퍽!

쏟아지는 주먹세례.

권풍과 권영, 권경, 그리고 강기까지 뒤섞여 나오며 배교주의 몸을 두들겼다.

반격을 허용하지 않는 거센 공격에 검고 단단한 팔 척거구가 계속 흔들렸다. 그러나 배교주는 미소를 유지하며 말했다.

"소용없는 짓이다."

우우우우웅.

어느새 다시 심검이 천마검의 손에서 피어나 놈의 목을 베었다.

콰창! 퍼억!

사방으로 튀는 시퍼런 불똥들.

배교주는 심검에 목을 내주면서 천마검의 손목을 우악스럽게 잡아챘다.

"걸렸구나, 천마검!"

배교주의 검은 손에 힘이 잔뜩 들어가며 팔 근육 전체가 부풀어 올랐다. 동시에 배교주의 다른 손에 있던 검이 천마검의 머리 위로 떨어졌다.

천마검은 잡힌 손목 주변에 내력을 모아 보호하며 왼손으로 배교주의 검신을 잡았다.

당연히 손이 갈라져야 하건만, 천마검은 다섯 손가락으로 검신을 잡아챈 것이었다. 배교주는 또다시 속으로 탄성을 질렀다.

비록 적이지만, 이 사내가 계속해서 보여주는 움직임은 진심으로 대단했다.

배교주가 말했다.

"죽이긴 정말 아깝구나."

천마검과 배교주의 양팔이 부르르 떨렸다.

팽팽하게, 한 치도 밀리지 않는 둘은 서로를 쏘아보았다. 그런 천마검을 향해 두 구의 구악이 좌우에서 덮쳐 왔다.

쇄애액, 쇄애액!

천마검의 양쪽 허리로 파고드는 두 개의 검.

배교주의 입가에 걸린 미소가 짙어졌다.

"너와의 대결, 꽤 재미있었다. 잘 가라."

천마검은 이를 악물며 잡힌 팔을 당겼다.

하지만 꿈쩍도 않는 배교주의 손.

천마검은 포기하지 않고 두 발로 땅을 밀며 몸을 띄웠다. 그러자 팽팽하던 힘의 중심축이 무너지며 배교주가 앞으로 엎어졌다.

천마검을 품에 안은 자세로.

슈캉, 슈캉!

때문에 두 구악의 검이 엉뚱하게 배교주의 양 허리를 때렸다. 순간, 배교주의 눈가가 일그러졌다.

"크윽!"

처음으로 그의 잇새에서 고통 어린 신음이 흘러나왔다. 천마검은 그런 배교주의 표정을 주시하며 가슴까지 올린 두 발을 앞으로 쭉 뻗었다.

콰직!

천마검의 두 발이 배교주의 가슴을 쳐냈다. 뒤로 삼 장여를 날아가다가 땅으로 떨어진 배교주가 몇 바퀴를 구르고는 바로 일어났다.

그사이, 배교주를 발로 쳐내며 자신도 뒤로 날아가던 천마검에게 두 구의 구악이 다시 검을 찔러왔다.

천마검은 두 검이 지척에 다다를 때까지 지켜보다 양팔을 좌우로 뻗었다.

팅, 팅!

그의 양 손날이 두 검을 비껴 나가다 슬쩍 올려쳤다.

파팍!

창졸지간에 놈들의 검로가 뒤틀렸다. 그 두 검이 향한 곳은 마주 보며 공격하던 상대 구악의 목과 가슴.

"크르르."

"크르……."

두 구악의 붉은 안광이 흐려졌고, 이내 몸에 경련이 일면서 무너져 내렸다.

쿵, 쿵!

천마검은 낙법으로 땅을 구르며 일어나 폭사해 오는 용권풍과 마주했다.

콰아아아아앙!

두 팔을 예(乂) 자로 하고 용권풍을 막았으나, 그의 몸이 뒤로 주르륵 밀려났다.

"쿨럭!"

내뱉는 기침에서 뿌려지는 핏물. 처음 등장했을 때에 비해 천마검의 안색이 현저하게 핼쑥해졌다.

다섯 구에서 이제 두 구만 남은 구악이 천마검을 향해 짓쳐 들었다.

그때, 뒤쪽 멀리서 그를 부르는 소리가 들렸다.

"천마검! 이 검으로 강시왕을 상대해 봐요!"

그 외침은 천마검이 익히 아는 여인의 음성이었다.

검봉 독고설.

그녀가 힘껏 던진 무애검이 빙글빙글 회전하며 허공을 날아갔다. 그러자 두 구악 중 하나가 멈춰 서더니, 고개를 갸웃거리다가 땅을 박찼다.

수상쩍음을 느낀 배교주가 검을 가져오라는 명을 하달한 것이다.

그럴 가능성에 대비한 하일과 팽우종이 구악을 향해 맹렬히 뛰며 검을 휘둘렀다.

쇄애애애액!

두 사내의 검에서 검기와 검풍이 뻗어 나갔다.

퍼퍼퍼펑!

허공으로 몸을 띄운 구악이 얻어맞으며 하강했고, 무애검은 계속 허공을 날아갔다.

천마검에게 무애검이 닿기 직전, 다른 구악이 손을 뻗었다. 그러나 천마검이 손을 흔들며 허공섭물을 구사하자 무애검이 밑으로 푹 꺼지며 구악의 손을 피했다.

스르르륵.

천마검의 손에 빨려드는 무애검.

멀리 떨어져 있는 독고설이 안도의 기색을 보이며 외쳤다.

"초대 배교주의 신물이었던 검이에요! 어쩌면, 저 마물을 죽일 수 있을지도 몰라요!"

그 말에 배교주의 눈이 화등잔만 해졌다.

천마검은 제 손에 쥐어진 무애검을 물끄러미 보았다.

우우우우웅.

내공을 주입하지도 않았는데 검이 울었다. 천마검은 그 검을 보면서 눈살을 찌푸렸다.

자아가 있는 검, 즉 검령이 이 안에 있었다. 그것도 하나가 아니라 많은 검령들이 꿈틀대고 있는 것이 단번에 느껴졌다.

요검(妖劍).

그는 풍운이 무애검을 잡았을 때처럼 기분이 나빠지는 것을 느끼며 망설였다.

그때, 구악이 검을 휘둘러 왔다. 천마검은 얼떨결에 무애검으로 구악의 검을 맞받아쳤다.

쩡!

그 순간, 다시 배교주의 용권풍이 천마검의 등을 덮쳤다. 아슬아슬한 차이로 천마검이 옆으로 몸을 날리며 피하자 구악이 붉은 눈을 치켜떴다.

콰아아아아아앙!

거센 용권풍이 구악을 덮쳤다. 그 힘을 감당하지 못하고 뒤로 날아가는 놈을 천마검이 이형환위로 쫓았다.

파앗, 쇄애애액! 콰직!

무애검이 구악의 허리를 강타했다.

"크아아아아!"

구악이 포효 같은 비명을 내질렀다. 비록 허리가 양단

되지는 않았지만, 눈에 확 띌 정도로 피부가 갈라져 검은 피가 주르륵 흘러나왔다.

그렇게 땅에 팽개쳐진 구악이 비틀거리며 일어나려다가 다시 주저앉더니, 힘없이 고개를 떨궜다.

앉은 채 맞이한 죽음.

천마검이 다시 무애검을 내려다보며 눈을 빛냈고, 반면 배교주의 얼굴은 딱딱하게 굳었다.

그때, 구릉 옆에서 함성이 일며 또 다른 정파인들이 모습을 드러냈다.

천류영이 이끄는 정파인들이 단을 향해 달렸다.

7

태양이 서녘 하늘에서 부지런히 움직이는 오후.

단 위에 있는, 방우를 비롯한 배교의 장로들과 여러 부호들의 표정이 점점 굳어갔다.

여섯 구의 구악을 투입할 때만 해도 전투가 순식간에 막바지로 치달을 것이라 생각했다.

그런데 풍운이란 애송이가 네 구의 구악을 상대로 접전을 펼치는 모습에 기함했고, 낭왕과 무적검, 그리고 새롭게 등장한 점창, 청성의 정파인들 때문에 인상이 절로 구겨졌다.

전투 시간이 길어지면서 슬슬 짜증이 올라오고 있었다.

그런 와중에 천마검이 구악들을 하나둘 정리해 나가자 불안감이 조금씩 커지는데, 사라졌던 무림서생마저 다시 등장하자 좌불안석이 되었다.

황사의가 벌떡 일어나 단 주변에 있는 천하상군의 군장을 향해 외쳤다.

"막아라, 저놈들이 근처에 얼씬하지 못하게 막아!"

크게 걱정할 필요까지는 없었다.

아직 이천오백여 호위무사들이 건재했으니까. 달려오는 정파인들은 어림잡아 천여 명에도 미치지 못했다.

그럼에도 계획대로 진행되지 않는 전황에 모두의 얼굴은 굳어 있었다.

황전노가 방우를 향해 무거운 어조로 말했다.

"철강시의 절반을 이리 돌려서 단을 방어하도록 하게."

방우가 곧바로 말을 받았다.

"일천 구면 충분합니다. 그리고…… 수비보다 공격이 낫지 않겠습니까?"

"……?"

"여러분의 호위단이 무림서생을 막는 동안, 철강시로 하여금 놈들의 뒤를 치도록 하는 것이 현명한 선택이지요."

앞뒤에서 협공하자는 얘기.

몇몇 부호들이 고개를 끄덕이며 동의했다.

전투를 더 빨리 끝낼 수 있을 테니까.

황전노는 불안한 시선으로 천마검과 배교주의 대결을 주시하며 말했다.

"그렇게 하지."

그는 다른 사람들처럼 고개를 돌려 이리 달려오는 무림 서생을 보았다. 짜증이 얼굴 전체로 번져 갔다.

아까 허공으로 날아갈 때만 해도 다 죽어가더니, 아직 숨겨둔 힘이 남아 있었던가?

밟고 밟아도 다시 꿈틀대며 일어서는 무림서생이 진심으로 불쾌했다.

선두에서 달리는 천류영은 자신을 쏘아보는 호위단을 훑고 이를 악물었다.

그들과의 거리가 빠르게 좁혀졌다.

방어로 일관할 자세.

서로 공격한다면 모를까, 한쪽이 수비에 치중한다면 그 벽을 뚫는 것이 쉽지 않다.

그러나 어떻게든 뚫어야 했다.

최소한의 양심마저 돈에 삼켜진 악을 처단하지 못한다

면, 이 세상은 온갖 불의가 횡행하는 세상이 되고 말 테니까.

호위단 최선두에 있는 초로인이 매서운 눈으로 천류영을 쏘아보며 외쳤다.

"무림서생, 이번엔 반드시 죽여주마!"

이번? 아까도 상대한 자인가?

기억에 없었다.

어쨌든 그와의 거리, 이제 불과 삼 장.

뒤따르는 정파인들의 함성이 하늘 끝까지 닿는 듯했다. 반면, 호위단 무사들은 침착한 얼굴로 충돌을 대비했다.

천류영이 바로 뒤에서 달리는 조전후에게 외쳤다.

"지금!"

야차검 조전후가 불쑥 나서며 노루 가죽 주머니를 앞으로 투척했다.

"이게 바로 당문의 독이다!"

갑자기 튀어나온 조전후와 그가 던진 주머니에 놀란 초로인이 얼떨결에 검을 휘둘러 베었다.

슈각!

동시에 주머니가 갈라지며 분말 가루가 그의 얼굴을 덮쳤다.

학정홍이란 극독.

"끄아아아악!"

마치 얼굴이 불에 데인 것처럼 뜨거운 고통이 그를 덮쳤다. 제 얼굴을 감싸고 뒤로 나동그라지는 초로인을 보며 호위단의 눈동자가 거칠게 흔들렸다. 호위단의 누군가가 외쳤다.

"다, 당문!"

거의 본능에 가깝게 그들의 뇌리를 스치는 당문의 독.

천류영은 그들에게 생각할 시간을 주지 않았다.

"독을 투척하라!"

그와 조전후를 따라오던 당천위가 그 말을 따라 했다.

"당문인들은 독을 투척하라!"

수십여 당문인들이 일제히 주머니를 앞으로 던졌다. 주머니는 지척을 향하는 것도 있고, 멀게는 단 근처에까지 이르렀다.

허공을 수놓는 주머니들.

그 주머니들에서 뭔가가 우수수 떨어졌다.

단 위에서 지켜보던 이들의 입이 쩍 벌어졌다. 그와 함께 그 앞을 막던 호위단들이 사방으로 급히 흩어졌다.

그 과정에서 동료들과 충돌하는 사태가 속출했다.

"피, 피해라!"

"당문의 독이다!"

"으아아아악!"

벌써부터 비명이 쏟아졌다. 그 비명은 독에 당해서가 아니라 동료에게 밟혀서였다. 그러나 대부분은 그 상황을 차분히 파악하지 못하고 있었다.

목숨이 경각에 달린 찰나의 순간, 본능은 이성을 무력화시킨다. 오로지 제 살길만 찾을 뿐.

비교적 거리가 떨어져 있는 사람들은 그것을 살폈지만, 주머니 아래쪽에 있는 이들은 일단 최대한 멀어지기 위해 몸을 날렸다.

그야말로 삽시간에 단으로 가는 길이 일직선으로 뻥 뚫렸다.

천류영은 조전후와 함께 전력으로 달렸다. 당천위와 그의 뒤를 따르던 당문인들도 여분의 주머니를 주변으로 던지며 질주했다. 당남우, 당혜미 남매가 모친인 독찰녀를 좌우에서 호위하며 뛰었다.

부상이 심한 서언과 주작단원들, 원풍과 백호단원들, 남궁수와 금검단원들, 수란과 하오문도들이 함성을 지르며 땅을 박찼다.

장득무가 마치 실성한 듯 뛰었고, 능운비가 현무단을

이끌었다.

독고무영과 독고세가의 무인들, 그리고 밀몽이 지휘하는 개방, 석현자 단주가 이끄는 곤륜인들이 가장 후위에서 달렸다. 지금은 가장 후위이지만, 나중에는 호위단과 최전선에서 싸워야 하는 어려운 자리.

"우와아아아아!"

단 한 번의 기회.

단숨에 단까지 통과하지 못하면 포위되어 지리멸렬하기 쉬웠다.

그렇기에 모두가 가진바 공력을 최대한 끌어 올려 빠르게 달렸다.

단 위에 있는 부호들이 정신이 반쯤 나간 얼굴로 외쳤다.

"막아, 막으라고!"

"이 개자식들아, 뭐 하는 거야! 앞을 막아!"

배교의 신타귀 장로와 통사 장로가 급히 단으로 오르는 계단을 검으로 함께 후려쳤다.

파직, 파직, 파직, 파직.

내공을 가득 주입한 검으로 후려치자 나무 계단이 아래로 떨어져 내렸다.

그때, 호위단 여기저기에서 목소리가 터져 나왔다.

"독이 아니야. 아니라고!"

"흙 같은데? 그냥 흙이 분명해!"

확실히 주머니에서 쏟아지는 건 흙가루였다. 그러나 흙으로 보일 뿐이지, 그게 독이 아니라고는 장담할 수가 없었다.

그렇기에 뻥 뚫린 길 주변의 호위무사들은 여전히 어쩔 줄 몰라 했다. 물론 일부 무사들은 독의 위험에도 불구하고 앞으로 나섰다.

쨍쨍쨍쨍, 쩨애애애앵!

달리는 정파인들 곳곳에서 쇳소리가 나기 시작했다. 그러나 그건 가장자리에 있는 정파인들일 뿐, 행렬의 가운데에 자리한 정파인들은 휘몰아치는 급류처럼 앞으로 질주했다.

천류영이 외쳤다.

"기둥, 기둥을 노려요!"

쇄애애액! 쩽!

한 개의 비수가 천류영을 향해 짓쳐 들었다. 천류영은 그 비수를 쳐내며 다시 외쳤다.

"기둥!"

가장 선두에 서게 된 조전후가 오 척 대검을 번쩍 치켜들었다.

"으아아아합!"

단 아래 설치된 기둥은 총 이십여 개. 매우 굵은 통나무였다.

슈가각!

단의 바깥쪽을 받치던 통나무가 일격에 서걱, 베어졌다.

괴력.

조전후는 그에 멈추지 않고 계속 괴성을 지르며 대검을 휘둘렀다.

슈가각! 서걱!

언제 왔는지, 장득무도 칼을 휘둘러 기둥을 정신없이 때리며 울부짖었다.

"으아아아아! 죽어, 죽으라고!"

퍼퍼퍼퍼퍼퍽!

마치 검을 도끼처럼, 통나무를 적인 것 마냥 미친 듯 때리자 나무 파편이 사방으로 튀었다. 그렇게 열댓 번의 칼질에 통나무가 베어졌다.

한편, 단 위에서는 난리가 났다.

"막아라! 막으라고!"

"철강시들을 이쪽으로! 이쪽으로 불러오라고!"

"호위단은 뭐 하는 거냐! 당장 막아라, 당장!"

호위무사들이 그제야 속은 것을 깨닫고 일제히 공격해왔다. 황당하게 당한 만큼 눈에 독기가 가득했다.

쨍쨍쨍쨍쨍, 째애앵, 쩡쩡, 퍼퍼엉!

천류영은 단 아래로 몰려오는 호위단을 당문인들과 함께 막으며 고래고래 소리 질렀다.

"조 대협, 어서요, 어서!"

조전후의 이마에서 굵은 땀이 송골송골 솟아났다. 그의 두꺼운 팔뚝이 꿈틀거리고, 대검이 가차 없이 허공을 갈랐다.

슈가각! 서걱.

단 끝을 받치던, 가장 끝에 위치한 통나무가 모두 갈라졌다. 마침내 단이 흔들리기 시작했다.

퍼어어엉!

어디선가 날아온 장력에 등을 얻어맞은 조전후의 신형이 휘청거렸다. 그러나 그는 피가 섞인 침을 탁 뱉고는 다시 통나무를 향해 대검을 휘둘렀다.

"내가 야차검 조전후다아아아!"

쇄애애액! 서걱!

백호단에서 덩치 큰 장한 두 명이 도끼를 들고 합류해 통나무를 찍었다.

쿵, 쿵, 쿵!

계속 베어지는 통나무들.

마침내 단이 기우뚱하더니, 옆으로 홱 기울어졌다. 땅과 충돌하는 단의 가장자리.

콰아아아앙!

"으아아아악!"

단 위에 있던 이들이 놀라 비명을 질렀다. 방우를 비롯한 몇몇 이들이 뛰어내렸고, 무공을 익히지 못한 부호들은 주르륵 굴러 떨어졌다.

탁자와 의자들이 땅으로 쏟아졌고, 그 위에 있던 그릇들이 박살났다. 부호 중 한 명은 깨진 그릇의 잔해에 얼굴을 들이박고 피투성이가 되어 절규했다.

그야말로 단 주변은 아수라장으로 변했다. 반면, 정파인들과 사파인들은 실성한 것 마냥 함성을 질러 댔다.

정신없이 싸우던 와중인 천마검을 비롯해 풍운, 낭왕, 그리고 무적검도 혀를 내두르며 '역시!' 라는 말을 중얼거렸다.

천류영이 외쳤다.

"당문! 주작단! 썩어 빠진 부호들과 배교의 주술사들을 정리하라!"

"우와아아아아!"

정파인들은 포위되어 있었다. 그러나 그들의 눈은 뜨겁

게 불타올랐다.

서언 주작단주의 앞에서 망연자실한 표정의 부호가 외쳤다.

"돈! 돈을 줄 테니 살려줘! 네가 평생 구경할 수도 없는 돈을……."

서걱!

그의 목이 허공에 붕 떠올랐다. 죽는 그 순간까지도 그는 자신이 죽는 게 믿겨지지 않는다는 표정이었다.

그저 재미있는 무대를 즐기러 왔을 뿐인데.

털썩.

땅에 떨어진 그의 수급이 데구루루 굴렀다.

산처럼 쌓여 있는 재화를 다 쓰지도 못하고 죽는 것이 억울하고 허탈한 그는 죽어서도 눈을 감지 못했다.

"으아아악!"

곳곳에서 다른 부호들이 지르는 비명이 빗발쳤다. 또한 부호들만 죽어 나가는 것이 아니라 단 앞쪽에 있던 배교의 주술사들도 뒤늦게 도망치다가 당문과 주작단의 칼에 목숨을 잃었다.

쩅쩅쩅쩅쩅, 쩌어어엉, 쩡쩡! 콰아아앙!

끊임없이 울리는 쇳소리들과 폭음.

정파인들은 호위단을 상대로 쉴 없이 칼을 휘둘렀다.

호위단 무사들이 쓰러졌고, 정파인들도 목숨을 잃었다.

사방에서 튀는 피가 바람에 날려 흩어졌다.

"죽여라! 죽여!"

"공격하라! 나아가라!"

호위단과 정파인들의 악다구니가 뒤섞여 사람들의 고막을 아프게 울렸다. 이명은 끊임없이 윙윙거렸고, 피와 땀이 얼굴 위로 쉴 새 없이 흘렀다.

쩡, 쩡쩡, 푸욱!

천류영은 호위무사의 목을 찌르고 단 앞으로 나섰다.

그의 눈에, 아까 자신과 대화를 나눈 배교의 소교주가 몇몇 이들을 이끌고 서둘러 움직이는 것이 보였다.

천류영의 눈이 빛났다.

용모파기집에서 많이 보았던 인물.

천하상회의 회주와 소회주였다.

그들을 쫓으려던 천류영이 입술을 깨물고 발을 멈췄다.

이미 늦었다.

자신들의 뒤를 치려던 철강시들이 어느새 앞을 막아서고 있었다. 그 철강시들 사이로 속속 빠져나가는 배교의 주술사들.

사파인들과 싸우던 철강시들 중 일천 구도 추가로 뒤돌

아 합류했다. 그 길목에 있던 풍운, 낭왕, 무적검은 그야말로 강시라는 바다에 고립된 섬이 되고 말았다.

그렇게 정파인들은 완벽하게 포위되었다.

그러나 천류영은 미소 지었다.

높은 곳에서 한껏 거드름을 피우던 놈들에게 제대로 한 방 먹여주었으니까.

이제 남은 건 결사항쟁.

그뿐이었다.

천류영이 검을 번쩍 치켜들며 외쳤다.

"끝까지 싸우자! 악당들을 한 놈이라도 더 저승으로 데리고 가자!"

천류영과 당문, 그리고 주작단을 향해 강시견들이 먼저 들이닥쳤다.

컹컹, 컹컹컹!

그 뒤를 철강시들이 따랐다.

크르르르……

당천위와 서언이 동시에 명을 내렸다.

"자리를 사수하라!"

"물러서지 마라! 뒤에 동료들이 있다!"

뒤쪽의 동료들, 남궁세가와 백호단을 비롯해 많은 이들이 호위단과 치열한 공방을 주고받았다.

폐허가 된 단 주변에 모여 있는 정파인들은 천류영의 지시에 따라 원진(圓陣)을 구축하여 호위단과 철강시들을 상대했다.

단 앞쪽은 천류영이, 뒤쪽은 모용린이 지휘를 맡았다.

쇄애애액, 쩡쩡, 쩡쩡쩡쩡!

한참 철강시들의 공격을 막던 천류영이 입술을 꽉 깨물었다. 지치지도 않는 마물들.

그에 비해 자신은 싸울 수 있는 시간이 빠르게 줄어들고 있었다.

그는 급히 몸을 뒤로 물리고 기울어진 단을 타고 올랐다. 이 정도 싸웠으면 전선에 어떤 틈이 생길 수도 있는 시간이었다. 가장 약한 전선으로 전력을 몰아쳐 포위망을 뚫는 것이 급선무.

기울어진 단의 높은 곳으로 오르자 한눈에 전장의 모습이 들어왔다.

다행히 주변은 포위된 상태에서도 그럭저럭 막아내고 있었지만, 아쉽게도 적의 전선도 딱히 취약한 곳이 보이지 않았다. 어쨌든 적들의 전력이 워낙 월등해서 아군의 피로도가 훨씬 높았다. 그 피로도가 어느 순간 임계점에 이르면 와르르 무너지게 될 것이리라.

그전에 이 난국을 타개할 방법을 찾아야 했다.

그가 전장을 살피며 묘책을 궁리하는 참에 자신도 모르게 탄식을 흘렸다.

"아!"

사파인들을 돕기 위해 청성과 점창을 투입했지만, 역시 삼백여 명으로는 역부족.

게다가 풍운과 낭왕, 무적검도 고전하고 있어서 탄식이 더 짙어졌다. 취존과 싸우고 곧바로 전장에 투입된 건 확실히 무리였다.

그의 눈이 마지막으로 천마검에게 향했다.

그리고 한 줄기 희망이 그의 얼굴에 어렸다.

배교주와 함께하던 구악이 모두 사라졌고, 천마검과 배교주의 일대일 대결이 펼쳐지고 있었다.

천류영의 입가에 피어나는 엷은 미소.

"역시 유일한 희망은 형님밖에 없습니다. 형님이야말로 진정한 패왕의 별……."

천류영은 말을 끝맺지 못하고 얼어붙었다. 그의 머릿속이 텅 비어졌다.

천마검이…… 천마검이 쓰러지고 있었다.

배교주가 광소를 터트렸다.

"크하하하하하!"

사기(死氣)를 가득 품은 웃음소리가 전장을 울리며 퍼져 나갔다.

두두두두두.

서쪽에서 말발굽 소리가 아스라이 들렸다.

그럼에도 천류영은 망연자실한 얼굴로 천마검만 보았다.

8

이각 전(前).

독고설과 팽우종, 그리고 하일에게 붙어 있던 구악까지 처리한 천마검은 홀로 남은 배교주와 마주했다.

"이제 끝내자."

배교주는 천마검을 직시하며 외쳤다.

"그, 그 검이 정녕 흡혈검(吸血劍)이란 말이냐?"

그는 단이 무너지는 소리를 들었음에도 천마검이 쥐고 있는 검에 정신이 팔려 있었다.

그만큼 중요하다는 뜻.

멀찍이 떨어져 있던 독고설이 빽! 소리 질렀다.

"무슨 말이냐! 그 검은 무애검이야!"

독고설과 하일, 그리고 팽우종은 천류영의 명에 따라

전투에 참전하지 않고 천마검 주변에서 대기해 있었다.

비록 무력으로 큰 도움이 되지 못하더라도 천마검이 부탁이나 지시를 할 경우를 대비한 것이다.

즉, 천마검을 향한 천류영의 존중이며 배려였다. 천마검이 지시를 내리면 믿고 따르겠다는, 천마검이 패왕의 별이라는 진심 어린 표현.

독고설의 일갈에 배교주의 한쪽 입 꼬리가 올라갔다.

무애검의 진짜 이름은 흡혈검.

피를 아주 좋아하는 요검이다. 초대 배교주와 벗이었던 대주술사가 함께 저 검에 많은 고수들의 혼백을 봉인했다.

강대한 힘을 내포하고 있는 검이었는데 천마 조사에 의해 쫓겨나면서 잃어버린 배교의 신물. 그렇게 오랜 세월 수소문했건만 이곳에 등장할 줄이야.

배교주가 묘한 미소를 머금으며 고개를 끄덕였다.

"그래, 무애검이란 이름으로 둔갑했다는 풍문은 들은 적이 있지."

그가 혀로 입술을 축이며 탐욕스러운 눈빛을 보였다. 그에 천마검이 눈살을 찌푸리다가 피식 웃었다.

"재미있겠군. 배교의 신물로 네놈의 최후를 장식하는 것도."

천마검이 성큼성큼 걸었다. 그는 여전히 요검이 마음에 들지 않았다. 그러나 그 위력만큼은 인정하지 않을 수 없었다. 죽음의 기운이 가득한 강시에게 이 무애검은 천적이었다.

우우우우우웅!

무애검이 다시 울었다.

그 검명에 배교주의 미소가 짙어졌다.

"내가 주인인 것을 알고 검이 우는구나. 크크크."

천마검은 발을 멈추고 무애검을 내려 보다가 고개를 저었다.

"그게 아니라 널 죽이고 싶어 하는 거 같군."

배교주가 뜻밖에도 그 말에 동의했다.

"그렇겠지. 검에 봉인된 놈들은 본 교에 원한이 많을 테니까."

천마검이 다시 앞으로 발을 내디뎠다. 그의 신형 주변으로 사기와 마기가 뒤섞인 기운이 뭉클뭉클 피어났다.

그의 가공할 기세에 배교주가 탄복했다.

"대단하군. 아직도 그만한 기운이 남아 있다니."

천마검이 차갑게 응수했다.

"너도 이젠 진짜로 싸워야 할 거다. 이 검에 목이 잘려 나가기 싫다면."

배교주의 눈에 기광이 일렁였다.

"역시…… 알고 있었군."

"고작 흉내나 내는 것으로는 결코 진짜를 이길 수 없지. 땀과 노력은 훔칠 수 있는 것이 아니다."

비록 무상 손거문의 무공을 훔쳤지만, 그렇다고 무상이 오랜 세월 피땀 흘리며 노력한 시간들을 모조리 가로채는 건 불가능했다.

배교주도 그걸 알기에 천마검의 몸동작과 싸우는 요령을 훔치고 있는 중이었다. 그만큼 천마검의 실전은 보면 볼수록 감탄스러웠으니까.

배교주는 어깨를 으쓱하며 말을 받았다.

"크크큭, 수만, 수십만 년 동안 인류를 지배해 온 주술의 힘을 과소평가하는군. 위대한 악(惡)은 늘 주술과 함께 존재했다는 사실을 잊지 마라."

천마검이 코웃음 쳤다.

"훗, 네가 맹신하는 주술이 인간의 땀과 노력, 그리고 의지에 밀려났다는 것을 아직도 인정하지 않는구나."

배교주의 눈이 붉게 타올랐다. 그가 양손을 좌우로 펼치자 주변에 떨어져 있던 날붙이들 수십여 개가 허공으로 떠올랐다. 심지어 시신들과 땅을 굴러다니는 돌멩이까지.

계속 걸어가던 천마검의 눈동자가 찰나 흔들렸지만, 묵묵히 나아갔다.

그런 천마검을 노려보며 배교주가 외쳤다.

"위대한 악과 주술이 공존하는 영광의 시대를 내가 다시 부활시킬 것이다! 그 증거가 바로 나다!"

배교주 주변의 허공이 희미하지만 검게 물들어갔다. 그가 재우쳐 외쳤다.

"나는 인신공양과 주술을 통해, 위대한 악으로부터 선택받았다! 내게 주어진 영생불멸과 완벽한 육체, 그리고 무한한 힘은, 고작 몇 십 년 살다가 죽는 인간의 의지 따위와 비교할 수 없다!"

배교주의 양팔이 움직였다. 그와 동시에 허공에 있는 모든 것들이 폭풍이 되어 천마검을 덮쳤다.

부아아아아앙!

어마어마한 풍압이 멀찍이 떨어져 있는 독고설 일행에게까지 미쳤다. 하일이 독고설과 팽우종 앞에서 폭풍을 막으며 신음을 흘렸다.

"으음……."

당최 무슨 말을 해야 할까.

배교주의 말이 궤변이고 개소리라고 치부할 수는 있겠지만, 그가 구사하는 이 힘은 진짜였다.

그렇기에 독고설 일행은 배교주가 만들어낸 재앙에 아무 말도 못하고 얼어붙었다.

그러나 천마검은 계속 앞으로 나아갔다.

스르르륵.

그의 검이 전면을 가볍게 밀치며 나아갔고, 다시 돌아 빠르게 움직였다.

퍼퍼퍼어엉! 펑, 펑, 펑, 펑!

검 주변에서 계속 터지는 폭음.

퍼억! 쨍쨍쨍쨍쨍! 퍼억!

시신들이, 그리고 돌멩이와 날붙이들이 튕겨 나갔다.

밀려날 줄 알았던 천마검이 계속 전진해 오자 배교주의 표정이 살짝 일그러졌다. 그러나 곧바로 비릿한 미소를 머금고 땅을 박찼다.

파아아아앗!

거친 파공성과 함께 그의 커다란 주먹이 허공을 갈랐다.

쩡!

그 주먹이 무애검과 충돌하며 시퍼런 불똥을 터트렸다. 처음으로 천마검의 눈동자가 흔들렸다.

구악과 달리 효과가 없다!

배교주가 웃었다.

"크하하하! 나를 일개 강시와 비교하지 마라."

그가 빙글 돌며 발을 쳐 댔다.

천마검이 자신의 아랫배로 파고드는 배교주의 발목을 한 손으로 잡아채며 돌렸다. 그러자 배교주의 신형이 빙글 돌았다.

슈캉!

회전하는 배교주의 몸통을 무애검으로 강타했다. 그러자 배교주가 옆으로 기울며 팔을 휘둘렀다.

쇄애애액! 퍼엉!

묵빛 기운의 권경이 천마검의 가슴을 때렸다.

"큭!"

천마검은 신음과 함께 피를 토했지만, 물러나지 않았다. 아니, 오히려 더 파고들며 주먹을 뻗었다.

콰앙!

그의 주먹이 배교주의 옆구리를 찍었다.

슈캉!

연이어 무애검으로 배교주의 목을 찔렀다.

그러자 고통을 느끼는 듯 배교주의 얼굴이 일그러졌다. 하지만 배교주도 물러서지 않았다.

허공섭물로 잡아챈 검으로 짧게 끊어 치며 베었고, 검을 쥐지 않은 주먹도 간간이 꽂아 넣었다.

슈쾅, 슈쾅! 쩡쩡쩡쩡쩡쩡!

서로 한 치도 밀리지 않았다. 그렇게 싸우는 둘 주변으로 흙먼지가 잇달아 원형으로 퍼져 나갔다.

검풍과 검기, 권풍과 권경, 그리고 강기가 바짝 붙어 있는 둘 사이에서 난무했다.

방금 전까지 천마검에게 계속 맞고 밀려나던 배교주가 아니었다. 그의 주먹과 검로는 훨씬 정교해졌고, 몸놀림도 가벼웠다.

실제 싸우는 천마검도 대단하지만, 오히려 그 대결을 지켜보던 독고설 일행이 진이 빠질 지경.

오십여 초, 백 초, 이백 초.

그렇게 둘의 공방이 오백 초를 넘어갔다.

그리고 마침내……

콰창!

천마검의 무애검이 배교주의 턱을 올려쳤다.

그러자 팔 척 거구가 허공으로 붕 떠올랐다.

천마검이 땅을 차며 배교주를 쫓았다.

파앗! 쇄액!

배교주 위로 올라선 천마검이 무애검으로 내리찍었다.

콱!

배교주의 눈이 튀어나올 듯이 커졌다. 가슴을 찌르는

무애검에 의해 단단한 몸뚱이에 균열이 일었다.

까만 상체에 거미줄처럼 번지는 선.

쿠웅.

배교주는 땅으로 떨어지는 순간, 재빨리 몸을 비틀어 다시 짓쳐 드는 무애검을 피했다.

콰앙!

무애검이 땅 깊숙이 파고들었다. 그 기회를 노린 배교주의 검이 섬전처럼 뻗었다.

이기어검술.

파앗!

천마검은 허리를 젖히며 배교주의 검을 피하는 동시에 무애검을 뽑아냈다.

그사이, 배교주는 몸을 일으켜 대치했다.

천마검의 입에서 격한 호흡이 계속 터져 나왔다.

"하아아, 하아아……."

그러나 배교주는 지친 기색도 없이 제 가슴 주변을 흘 낏 보며 뭔가를 중얼거렸다.

그건 주문이었다.

"……옴바 가추로 사이우로사……."

싸우는 도중에도 입으로는 저렇게 계속 이상한 주문을 읊조리던 배교주.

천마검이 싸늘한 얼굴로 말했다.

"더 강해지게 해달라고 구걸하는 거냐?"

명백한 비아냥.

그때, 또 한 번 무애검이 검명을 터트렸다.

우우우우웅.

천마검은 눈살을 찌푸렸지만, 이내 아랑곳하지 않고 발을 내디뎠다. 방금 찍은 저 가슴에 다시 한 번 검을 쑤셔박을 작정으로.

된다. 이번엔 된다!

타타탁!

천마검이 땅을 힘차게 차며 몸을 날렸다.

파아아앗!

그가 무애검을 내리치려는 순간, 배교주의 붉은 눈이 일렁이며 미소를 짓고 말했다.

"차하마니!"

그 말을 마치기 무섭게 배교주의 주먹이 앞으로 뻗어나왔다.

"큭!"

신음을 뱉은 천마검이 학질에 걸린 것 마냥 경련을 일으켰다. 쥐고 있는 무애검에 주입한 기운이 갑자기 역류한 것이다.

퍼억!

배교주의 커다란 주먹이 천마검의 가슴을 강타했다.

뒤로 붕 떠오른 천마검은 역류한 기운과 가슴의 통증 때문에 검을 놓았다.

그러자 무애검이 천마검 위로 뚝 떨어졌다.

푹!

천마검의 가슴에 꽂히는 무애검.

"끄아아아악!"

천마검은 비명을 지르며 급히 무애검을 양손으로 잡았다.

콰앙!

그의 몸이 땅에 떨어졌다. 그는 한 치 정도 파고든 무애검을 기어코 뽑아내 던졌다.

배교주가 손을 흔들자 무애검이 스르르 들어와 잡혔다. 천마검은 가슴에서 쏟아지는 피를 급히 지혈하며 이를 악물었다.

숨이 턱 막히고, 시야가 가물가물했다.

역류한 진기로 인해 몸속의 기운이 곳곳에서 폭발했다.

그럼에도 그는 눈에 힘을 주며 배교주를 노려보았다.

그리고 배교주의 손에 쥐여진 무애검에서 안개 같은 것들이 빠져나와 허공으로 흩어지는 것을 보았다.

배교주도 그걸 흘낏 보다가 천마검을 향해 입을 열었다.

"이 혼백들이 배교주인 날 죽이고 싶어 하는 건 사실이야. 그러나 우리 초대 교주님께서 안전장치를 안 해두셨을까? 크크큭, 이건 본 교의 신물이라고."

천마검은 가슴을 쥐어 잡고 뒤로 몸을 끌며 숨을 헐떡였다.

배교주가 그런 천마검을 보며 말을 이었다.

"물론 이 검은 날 죽일 수 있다. 그러나 나를 따르게 할 수도 있지. 지금처럼 주문을 외우면. 딱 한 번뿐이지만."

"……."

"아쉬운 건…… 이제 이 검의 위력이 서서히 사라져 갈 거라는 점이지. 그래도 천마검을 잡았으니 수지맞는 장사가 아닌가! 그렇게 생각하지 않나, 천마검? 크하하하하!"

그가 광소를 터트렸다.

그 모습에 단 위에서 살아남아 도망쳤던, 방우와 황전노를 비롯한 이들과 배교 주술사들이 안도의 한숨을 내쉬며 주먹을 불끈 쥐었다.

마침내 배교주가 천마검을 쓰러트렸다. 이제 배교주를 막을 수 있는 상대는 아무도 없다. 그렇기에 주술사들은 함성까지 질러 댔다.

반면, 그들과 맞서는 이들은 절망했다.

발을 구르던 정파인들은 힘이 빠져 털썩 주저앉았고, 적지 않은 사파인들도 고개를 떨어트렸다.

배교주가 천마검을 끝내기 위해 발을 내딛다가 피식 웃었다.

독고설과 팽우종, 그리고 하일이 달려오고 있었다.

그는 독고설을 보며 비릿한 미소를 지었다.

"정말 예쁘긴 하군."

실물을 직접 보고 나니 아들에게 주고 싶은 마음이 싹 사라져 버렸다.

세 사람이 천마검 앞에 서서 검을 들었다.

배교주는 자신 앞에서 검을 드는 그들을 보며 어처구니없다는 표정을 짓다가 눈살을 찌푸렸다. 그의 고개가 서쪽으로 돌아갔다.

그의 입에서 흘러나오는 짜증.

"또 뭔가?"

독고설은 배교주를 노려보며 뒤쪽의 천마검에게 말했다. 울음을 참으며.

"미안해요, 미안해요."

팽우종이 배교주를 견제하며 뒤로 물러나 천마검을 부

축하려고 했다. 그러나 천마검은 피식 웃고 고개를 저으며 말했다.

"피할 수 있다고 생각하나?"

팽우종이 입술을 꾹 깨물었다가 답했다.

"빼낼 겁니다. 어떻게 해서든 당신을 빼내고 살릴 겁니다."

천마검은 지독한 통증으로 얼굴을 찡그리다가 다시 미소 지었다.

"청성산에서 널 처음 봤을 때가 떠오르는군."

"……."

"네가 날 구하려 이렇게 애쓰는 날이 올 줄이야. 후후후, 그때 살려두길 잘했어."

"천마검……."

천마검은 인상을 쓰며 몸을 일으켰다. 중간에 한 번 휘청거렸지만, 그는 기어이 제 발로 일어나 앞을 보았다.

그러더니 배교주처럼 서쪽을 보았다가 흐릿한 미소를 짓고는 다시 전면을 주시했다.

그 앞에서 검을 꼭 쥐고 있는 검봉 독고설의 작은 어깨가 희미하게 떨리고 있었다.

배교주의 강함을 보았으니 두려워서 떠는 것일 수도 있고, 자신에게 미안한 마음이 북받쳐 그런 것일 수도 있다.

"검봉, 물러나라."

독고설이 입술을 꾹 깨물었다가 말했다.

"도망쳐요. 어떻게든, 어떻게든 시간을 끌어볼 테니까."

그녀 음성이 슬픔에 젖었다. 뒷모습만으로도 그녀의 표정을 짐작할 수 있었다. 터질 듯한 눈물을 참으며, 독기를 품고 배교주를 노려보고 있을 그녀.

천마검이 말했다.

"네 탓이 아니다. 천류영 탓도 아니고."

"……."

"내가 선택한 거다."

"천마검……."

"악의 집요함으로 천류영의 선의와 그 진심이 곡해될 수는 없지. 녀석에게 전해라. 네 탓이 아니라 내가 선택한 거라고."

그는 앞으로 걸어 독고설의 어깨를 손으로 잡았다. 그러자 독고설이 고개를 돌려 그를 올려다보았다.

역시 습막이 가득한 눈.

"진심이다. 나는…… 해결책을 알고 있었다. 그럼에도 무애검을 선택했지."

"……?"

배교주도 의아한 표정으로 천마검을 주시했다. 뒤쪽 멀리서 방우와 황전노가 빨리 죽여 버리라고 외쳤지만, 배교주는 무시했다.

자신이 마음만 먹으면 이 전장을 일각 내로 정리할 수 있었다. 또한 서쪽에서 몰려오는 놈들은 마기가 느껴지는 바, 분명 마교도였다.

그렇다면 천마검이 최고라고 떠받드는 놈들 앞에 멋진 광경을 선사해야 하지 않겠는가.

자신의 검에 천마검의 목이 떨어지는 모습을.

천마검은 배교주를 직시하며 독고설에게 말했다.

"조금 더 보고 싶었다. 천류영이 어떤 세상을 펼쳐 나갈지, 그리고 내 벗인 관태랑과 천랑대 녀석들…… 그들과 조금 더 삶을 즐기고도 싶었다. 욕심이었던 게지."

독고설의 눈동자가 흔들렸다. 무심한 얼굴로 배교주를 경계하던 하일도 고개를 돌려 천마검을 보았다.

천마검은 독고설의 어깨를 밀었다. 그러자 그의 손에서 잠력이 흘러나와 독고설이 주르륵 밀려났다.

천마검은 미소를 머금으며 손가락으로 자신의 가슴 몇 군데를 찍으며 말했다.

"나의 싸움은 아직 끝나지 않았다. 물러나도록."

순간, 그의 주변에서 돌개바람이 거세게 불었다.

독고설과 팽우종, 그리고 하일의 몸이, 힘주지 않으면 날아갈 정도로 강한 바람이었다.

천마검의 눈동자가 흔들렸다.

우우우웅.

바람이 울었다. 그렇게 천마검 주변을 휘도는 바람이 소리를 내며 울었다.

배교주도 황당한 괴사에 눈을 치켜떴다.

그러나 천마검은 미소 지었다.

"하연…… 곧 당신에게 가리다."

바람이 더 거세졌다.

"울지 마시오, 하연."

우우우웅.

"패왕의 별이 뜬 것은 거악이 오고 있음을 하늘이 알리려는 것. 내 비록 의제에게 그 자리를 양보했으나, 그 녀석한테 나는 패왕의 별일 것이오. 그것으로 충분하지 않소?"

천마검의 눈에는 보였다. 맹렬히 도는 바람에 환영처럼 떠올라 오열하고 있는 그녀가.

그때, 서쪽 구릉에 일단의 무리가 등장했다.

그 선두에 있는 관태랑이 전장을 훑다가 천마검을 보았다.

먼 거리.

그러나 둘은 지척에 있는 것처럼 상대를 느꼈다.

천마검의 손이 다시 자신의 몸 몇 군데를 찍었다. 독고설, 팽우종, 하일의 눈이 화등잔만 해졌다.

천마검의 피부가 거무스름하게 물들고 있었다.

구릉 정상의 관태랑이 몸을 부르르 떨었다.

천마검의 비밀을 알고 있는 유일한 사람.

관태랑이 빽! 외쳤다.

"안 됩니다! 안 돼요!"

천마검 주변의 바람도 더 크게 울었다.

호기심에 지켜보던 배교주가 본능적으로 이는 불길함에 참지 못하고 검을 휘둘렀다.

콰아아아아아!

용검뇌.

천마검이 자신의 하단전을 손가락으로 찍었다. 순간, 그의 전신이 새카맣게 물들었다.

우우우우우.

바람이…… 그녀가 통곡했다.

9

콰아아아아아앙!

용검뇌의 흑룡이 천마검을 삼켰다.

쾅쾅쾅쾅쾅쾅쾅!

이어지는 폭음에 뒤에 떨어져 있던 독고설 일행이 얼어붙었다.

무지막지한 흑룡의 기세에 혀조차 얼어붙어 피하라는 말조차 내뱉지 못했다. 더 놀라운 건, 그 엄청난 기운이 천마검 뒤로는 넘어오지 않았다는 사실이다.

즉, 천마검이 흑룡의 기운을 전면에서 모조리 소멸시키고 있다는 얘기.

독고설의 눈에서 눈물이 주르륵 흘렀다.

뭐가 어떻게 돌아가는지 정확히 알 수가 없었다. 그러나 한 가지는 명확했다.

천마검은 스스로를 희생하려는 것이었다.

미안해서, 가슴이 너무 슬프고 아파서 그녀가 털썩 주저앉자 하일과 팽우종이 양옆에서 부축했다.

"더 물러나야 합니다."

"천마검이 편하게 싸울 수 있게 피해야 해요."

그들이 물러나는 와중에도 폭음은 계속 이어졌다.

콰콰콰콰콰아아앙! 쾅쾅쾅쾅쾅!

배교주는 용검뇌를 계속 쏟아냈다.

그러지 않고는 가슴 밑에서부터 치밀어 오르는 불안감을 떨칠 수가 없었다.

"죽어! 죽으라고!"

그가 악을 지르며 용검뇌를 퍼부었다. 그런 배교주의 눈동자가 흔들렸다.

용검뇌를 막아내면서 천마검이 앞으로 발을 내디뎠다.

쿵, 쿵, 쿵, 쿵!

폭음 속에서도 천마검의 발걸음이 무겁게 들렸다.

"안 돼! 제발, 제바아아알!"

관태랑은 눈물을 쏟으며 말을 몰아 구릉 아래로 질주했다.

영문을 모르는 천랑대와 흑랑대가 당황하며 서로를 마주 보았다. 그리고 뒤따라 구릉에 올라선 북해빙궁과 혈왕문도 의아한 표정을 지었다.

그들 눈에 비친 천마검은 무시무시한 배교주의 공격에도 굴하지 않고 앞으로 나아가고 있었다.

만약 관태랑의 다급한 반응이 아니었다면 '역시 대종사!', '역시 천마검!'이라며 박수를 치며 탄복할 만한 모습이었다.

어쨌든 그들의 눈에도 전황은 매우 급박하게 돌아갔다.

초지명이 말했다.

"단 쪽을 맡겠소."

폭혈도가 불안해 보이는 관태랑을 쫓으며 마령검에게
외쳤다.

"마령검, 천랑대 지휘를 맡아!"

얼떨결에 천랑대주 역할을 하게 된 마령검은 입술을 꾹
깨물었다가 폭혈도의 등을 향해 외쳤다.

"대주님 잘 보필해요!"

폭혈도는 알았다는 듯이 한 손을 흔들었다.

수라마녀는 천마검을 보며 고개를 갸웃거렸다.

"대종사한테 무슨 일이 생긴 것 같아."

그들은 천마검이 배교주의 흑룡에 삼켜진 터라 까맣게
변한 피부를 볼 수 없었다.

마령검 역시 불안한 눈빛으로 고개를 끄덕이면서 말을
받았다.

"예. 그렇지만 지금은 이 전장을 지원하는 것이 대종사
를 돕는 일입니다."

옳은 말이었다.

초지명이 하마한 수하들을 이끌고 먼저 내달리며 외

쳤다.

"천마검 대종사의 뜻을 받들어, 무림서생과 협력한다! 무림공적인 배교를 격퇴하라!"

우르르릉!

그의 고함이 허공을 울리며 뻗어 나가 전장을 뒤흔들었다.

초지명이 다시 외쳤다.

"흑랑대, 돌파한다!"

그가 청룡극을 번쩍 들고 질주하자 몽추와 파륵이 좌우에 따라붙었다. 그와 동시에 칠백여 흑랑대원들이 함성을 지르며 뛰었다.

"우와아아아아아!"

천랑대도 움직였다. 역시 말에서 내린 마령검이 수라마녀와 나란히 달리며 외쳤다.

"자랑스러운 천랑대의 동료들이여!"

뒤따르는 천랑대원들이 고함을 받았다.

"우리가 꿈꾸는 것을 위하여! 새로운 세상을 우리 힘으로 열리라!"

이어 천랑대 모두가 함께 외쳤다.

"그리하여 마침내 우리는 전설이 되리라!"

"와아아아아아!"

천랑대원들의 함성에 대기가 몸살을 앓았다.

설강 북해빙궁주가 당황하며 옆에 있는 딸, 설상아를 보았다. 설상아 역시 상황을 단숨에 파악하는 것은 무리.

부녀의 눈이 옆쪽의 왕수검 혈왕문주에게 향했다.

왕수검 역시 곤혹스러운 표정이었다.

전황을 파악하고 섬마검이 지시를 내리기로 했는데, 갑작스럽게 알아서 움직여야 할 상황으로 변한 것이다.

설상아가 말했다.

"저희는 흑랑대를 지원할게요."

그러자 설강이 고개를 끄덕이며 맞장구쳤다.

"우리가 흑랑대를 돕지."

자연스럽게 혈왕문은 천랑대를 따르게 되었다.

왕수검이 검을 빼내며 말했다.

"건투를 빌겠소."

설강이 웃었다.

"그쪽도!"

두 문파도 구릉 아래로 달렸다.

방금 천마검이 쓰러졌을 때만 해도 전의를 상실했던 정파인과 사파인들이 다시 이를 악물었다.

털썩 주저앉은 정파인들도 다시 일어나 갈라진 목소리로 함성을 지르며 다시 발을 굴렀다.

반면, 방우와 황전노, 그리고 그 주변에 있는 이들의 얼굴은 하얗게 질려갔다.

황사의가 몸을 떨며 외쳤다.

"대체! 일을 어떻게 한 것이오! 저렇게 계속 적들이 들이닥칠 줄 몰랐단 말이오? 대비를 했어야 할 것 아니오!"

방우는 입술을 깨물었다.

대비했다. 그런데 강시오가 사라졌는데 어떻게 하란 말인가.

황전노가 아들의 말을 받았다.

"지금은 그것보다 빠져나가는 것이 급선무다. 대책은?"

방우의 얼굴에 어린 그늘이 더 짙어졌다.

빠져나갈 대책?

그딴 것이 있을 리 만무했다.

당연히 이기는 싸움인데, 상황이 이렇게 될 거라고 어느 누가 상상이나 했단 말인가.

방우는 천랑대와 흑랑대가 철강시들을 향해 짓쳐 드는 모습을 보다가 바로 고개를 돌렸다.

배교주와 천마검.

아버지인 배교주가 천마검을 쓰러트리고 빨리 전장에

복귀하는 것만이 유일한 희망이었다.

황전노와 황사의가 방우를 향해 고성을 질렀다. 그러나 방우는 그들을 무시하며 중얼거렸다.

"교주님…… 시간이 얼마 없습니다."

초지명은 선두에서 번쩍 든 청룡극을 횡으로 휘둘렀다.

부우우웅!

거센 파공성과 함께 달려들던 두 철강시가 도(刀)를 들어 막았다.

쩌쩌엉!

두 철강시의 허리가 쩍 갈라지며 상체는 허공으로 하체는 옆으로 날아가 버렸다.

검은 피 분수가 쫘악 뿌려졌다.

"돌파하라!"

그는 계속 외치며 거침없이 전장 속으로 들어갔다.

부우우웅! 쩡! 쩡쩡쩡!

그의 청룡극이 움직일 때마다 철강시들이 팽개쳐졌다. 그야말로 압도적인 무력.

그러나 초지명의 얼굴은 딱딱하게 굳었다.

처음 전력을 다한 철강시를 빼고는 몸이 갈라지지 않았다. 예상보다 훨씬 단단한 몸이었다. 뿐만 아니라 마물의 움직임이 놀라울 정도로 기민했다.

초지명은 그제야 정파인들이 왜 이 지경까지 몰리고 있었는지 간파했다.

"마물들이 생각보다 빠르고 단단하다. 주의하라!"

그는 수하들에게 외치며 앞으로 계속 질주했다.

쾅쾅쾅쾅! 쩌어어엉! 쩡쩡!

뒤따라 달리는 파륵이 빽! 외쳤다.

"빠릅니다. 너무 빠르시다고요!"

그의 말마따나 초지명은 마치 무인지경을 달리는 것 같았다. 그는 눈앞의 철강시들을 후려치는 동시에 앞쪽을 보고 있었다.

사 년 전, 자신과 팽팽한 대결을 펼친 낭왕.

그가 상대하고 있는 마물의 움직임이 예사롭지 않았다. 흑의를 입고 있는 철강시와 다르게 붉은 옷을 입은 그놈은 황당하게도 검기를 마음대로 구사하고, 허공으로 몸을 띄우기까지 했다.

그러나…… 아무리 그렇다고 해도 호적수인 낭왕의 모습은 마뜩치 않았다. 그러다가 낭왕의 어깨에 둘러진, 피에 젖은 붕대가 눈에 들어왔다.

"아!"

한 팔을 거의 쓰지 못하는 부상. 그의 뇌리로 아까 지나쳤던 전장이 떠올랐다.

무수한 주검들이 널려 있던 곳.

초지명이 앞으로 달려드는 철강시들을 청룡극으로 후려치고 고개를 돌렸다.

"몽추!"

철강시를 발로 쳐내던 몽추가 바로 답했다.

"옛!"

"흑랑대를 이끌어라!"

몽추의 입가에 미소가 번졌다. 종종 그런 훈련을 했기에 문제없었다. 한 사람이 자리를 비워도 다른 사람이 그 자리를 대체하는 훈련.

천랑대가 섬마검뿐만 아니라 마령검으로도 잘 운용되는 것을 보고 자극받은 초지명이 그렇게 지시를 내렸던 것이다.

그럼으로써 부하들의 능력은 올라가게 되는 법이었다.

"예, 마음껏 실력 발휘하십시오!"

초지명이 땅을 박차더니 허공으로 떠올랐다.

파파파파파팍!

풍운이 그랬듯, 초지명도 철강시들의 머리를 밟으며 앞으로 달렸다. 그리고 열댓 번째 철강시 머리를 쾅, 밟으며 청룡극을 휘둘렀다.

부우우웅!

낭왕을 상대하던 구악이 흠칫 몸을 떨더니, 제 검을 옆으로 틀었다.

쩌어엉!

구악의 몸이 뒤로 나동그라졌다. 그에 낭왕이 박도로 목을 내려쳤다.

슈쾅!

불똥이 튀었다.

재빨리 일어나는 구악을 향해 다시 청룡극이 떨어졌다.

콰앙!

구악의 정수리에 청룡극이 살짝 박혔다가 빠져나왔다. 구악이 괴성을 지르며 초지명을 향해 검을 던졌다.

쇄애애액!

초지명은 충격을 받은 얼굴로 고개를 급히 젖혔다. 마물이 검을 던질 줄이야.

아슬아슬한 차이로 검을 피한 초지명의 얼굴이 딱딱하게 굳어졌다.

주변에 떨어진 검을 주워 든 구악이 초지명과 낭왕을 번갈아 보았다.

초지명이 말했다.

"어깨, 괜찮소?"

낭왕이 씩 웃었다.

"슬슬 몸이 풀리려던 참이오."

초지명도 소리 없이 웃었다.

사파인들과 청성, 점창을 돕는 천랑대는 그야말로 전선을 쑥대밭으로 만들며 전진했다.

선두의 마령검과 수라마녀를 막을 마물이 없었다. 뿐만 아니라 천랑대는 마교 최강의 부대.

"진격하라! 전선을 관통하고, 우리가 싸움을 이어받는다!"

그리고 마침내 마령검과 수라마녀의 앞에, 이곳에 남아 있던 유일한 구악이 등장했다.

내공이 바닥난 상태로 버티던 광혈창은 입술을 깨물고 그들을 흘끗 보았다가 말했다.

"……염치없지만 도와주시오."

광혈창의 말에 마령검이 답했다.

"기꺼이."

움직이는 건 수라마녀가 더 빨랐다.

슈라라라락!

그녀의 채찍이 구악의 목을 휘어 감았다. 예상치 못한

공격에 당황한 구악이 편을 움켜쥐자, 마령검이 검으로 허리를 베었다.

슈쾅!

수라마녀와 마령검의 눈동자가 흔들렸다.

얘기로만 듣던 특강시.

수라마녀가 아미를 찌푸리며 말했다.

"시간 좀 걸리겠는데? 내가 상대하는 동안 전선을 장악해 줘."

마령검은 자신이 하려는 말을 빼앗겨 입술을 잘근 깨물었다. 그러나 그는 지금 대주의 역할을 해야 했다. 수하들을 이끌고 더 나아가는 것이 급선무.

"조심하십시오, 누님."

북해빙궁은 부서진 단 뒤쪽으로 이동해 호위무사들을 덮쳤다. 혈왕문은 사파인들 뒤쪽에서 앞으로 치고 나왔다. 그 과정에서 자연스럽게 지친 사파인들이 뒤로 빠져나왔다.

그렇게 전장에서 서로 이해관계가 다르던, 더 나아가 대립하던 서로의 눈이 마주쳤다.

굳이 목례 같은 인사가 없어도, 짧은 눈 마주침으로도 고마움을 전하는 것은 충분했다.

그런 후, 함께 외쳤다.

"싸우자아아아!"

쨍쨍쨍쨍쨍쨍!

병장기들끼리 부딪치는 소리는 더욱 거세게 대기를 울렸다.

천류영의 급한 부름으로 몇몇 수뇌부가 모였다. 전투가 한창이긴 하지만, 지원군의 등장으로 한숨 돌릴 수 있게 된 상황.

천류영은 독고무영과 수란 하오문주, 그리고 남궁수와 서언을 보며 말했다.

"돌파를 준비해 주십시오!"

결연한 그의 주장에 모두의 눈동자가 흔들렸다.

남궁수가 말했다.

"모두가 지쳐 있는 상황이야. 돌파라니?"

독고무영이 말을 받았다.

"마교와 흑천련이 우릴 돕고 있잖나. 지금은 방어선을 지켜야 할 때라고 생각하네."

맞는 말이었다. 그렇기에 수란과 서언은 딱히 말을 덧붙이지 않고 고개를 갸웃거렸다.

천류영이 상황에 맞지 않는 무리한 주장을 하는 것이

이해되지 않아서. 그럼에도 강하게 반박하지 않는 것은 이 사람이 천류영이기 때문이었다.

천류영이 습막에 찬 눈으로 말했다.

"천마검이…… 위험합니다."

그는 단 위에서 보았던 광경을 간단히 설명하고 말을 이었다.

"제가 아는 천마검이라면 쉽게 죽지 않을 겁니다. 그러니까 늦기 전에 도우러 가야 합니다."

천류영과 그들은 지금 천마검이 최후의 방법을 사용해 배교주를 몰아붙이고 있다는 사실을 몰랐다.

입술을 꾹 깨물고 있던 서언이 말했다.

"천랑대가 왔으니 그들이……."

천류영이 말을 끊었다.

"가야 합니다. 제발."

"……."

"우리를 도우러 온 사람입니다. 많은 것을 버리고 온 사람이에요. 그 사람이 위험합니다. 제발…… 도와주십시오."

"……."

"우리 때문에, 우리를 위해서 싸우다 위험에 처한 그 사람을…… 어떻게 천랑대에게만 맡길 수 있습니까? 우리도 가야 합니다. 그 사람이 없었다면…… 지금 우리는 모두 죽었을 겁니다."

천류영의 눈에서 눈물이 또르륵 흘러내렸다. 그에 모두가 침음하며 입술을 깨물었다.

천류영의 말이 틀린 건 결코 아니지만, 또한 무리한 주문이기도 했다. 지친 수하들은 버티기도 어려운 상황이건만, 여기서 마물들을 뚫고 돌파하라니.

천마검을 구하기는커녕 몰살당하기 딱 좋았다.

그때, 천류영이 털썩 무릎을 꿇었다.

"제가 책임지고 어떻게든 피해를 최소화하면서……."

독고무영과 서언, 남궁수와 수란이 놀라서 동시에 허리를 굽히며 천류영을 잡아 일으켜 세웠다.

독고무영이 말했다.

"해보세. 지원군 때문에 압박이 확실히 줄어들었으니, 성공할 수도 있을 것이네."

서언도 말했다.

"명을 내리시면 따를 뿐입니다."

남궁수는 한숨을 뱉고 맞장구쳤다.

"가자. 생각해 보니까, 나는 천마검뿐만 아니라 폭혈도 조장에게 진 빚도 갚아야 하거든."

수란도 고개를 끄덕이며 미소를 지었다. 천류영이 말

했다.

"철강시와 호위단의 경계가 취약합니다. 그쪽을 기습하면 충분히 승산이 있습니다."

배교주는 치를 떨며 용검뇌를 멈췄다.

사실상 무한한 공력을 가졌다고는 하지만, 백여 번의 용검뇌를 쏟아낸 것은 그로서도 무리한 일이었다.

배교주의 이마에서 검은 땀이 비 오듯 쏟아졌다.

처음 있는 일이었다.

금강불괴의 완벽한 육체를 가진 그는 자신이 이렇게나 많은 땀을 흘릴 수 있다는 것을 처음 알았다.

그는 침을 꿀꺽 삼키며 이제는 삼 장 앞까지 다가온 천마검을 보았다.

"어, 어떻게?"

천마검은 앞을 막고 있던 두 팔을 풀며 말했다.

"끝났나?"

"······."

"이제는 내 차례군."

파앗!

천마검의 신형이 사라졌다. 이형환위를 구사할 때처럼 흐릿한 잔상도 남기지 않았다. 그야말로 감쪽같이 그 자리에서 사라졌다.

그러고 나서 그가 배교주 옆에 등장했다.

팟! 콰직!

천마검의 주먹이 배교주의 왼쪽 귀를 강타했다.

"커흑!"

귀가 찢어지며 검은 피가 뿌려졌다.

퍼억!

천마검의 주먹이 이번엔 배교주의 배를 때렸다. 순간, 배교주의 허리가 새우처럼 휘면서 위로 붕 떴다가 떨어졌다.

파라라라, 퍼억!

천마검의 돌려차기에 얼굴을 얻어맞은 배교주가 땅을 구르고 벌떡 일어났다.

"이럴 수가, 이럴 수가!"

고통으로 얼굴이 일그러진 그가 불신 가득한 목소리를 냈다.

까맣게 변한 천마검의 몸을 보고, 예전에 강시왕으로 만들기 위해 주입한 죽음의 기운을 활짝 개방시켰다는 것은 짐작할 수 있었다.

그러나 터무니없게, 이리 말도 안 되게 강해지는 건 불가능했다.

천마검이 발을 내디뎠다.

그러자 배교주가 뒤로 주춤 물러났다.

콰직!

"킥!"

배교주는 눈을 동그랗게 뜬 채 고통 어린 단말마를 뱉었다. 언제 주먹을 뻗었는지 보지도 못했다. 그런데 천마검의 주먹이 자신의 얼굴을 강타한 것이다.

뒤로 젖혀진 고개를 다시 올리자 천마검이 흐릿한 미소를 지었다.

"아픈가?"

"……."

"고통스러운가?"

퍼퍼퍼퍼퍼퍼퍼퍼퍽!

천마검의 두 주먹이 배교주의 가슴과 배를 쉴 새 없이 때렸다.

"으아아아아아아!"

배교주가 비명을 질렀다. 미치겠는 것이, 이렇게 맞고 있는데도 자신의 몸은 거미줄에 걸린 곤충처럼 제자리에서 꼼짝도 할 수 없다는 점이었다.

콰직!

천마검의 주먹에 배교주의 턱에 균열이 생겼다. 동시에

그의 몸이 허공으로 떠올랐다.

천마검은 그가 놓친 무애검을 쥐었다.

슈각! 빠각!

배교주의 종아리가 부러졌다.

"으아아아악!"

쇄액! 빠각!

종아리 위 무릎도 깨졌다.

그 순간, 전장에 있던 철강시와 특강시의 움직임이 갑자기 느려졌다.

전장 몇몇 곳에서 함성이 터져 나왔다.

바로 지금, 풍운이, 그리고 초지명과 낭왕이 구악을 한 구씩 정리한 것이었다.

배교주는 다리 한쪽을 질질 끌며 뒤로 물러났다.

"끄어어억! 처, 천마검. 살려줘, 살려줘……."

파아아앗! 콰직!

무애검이 배교주의 배를 쑤시고 들어갔다.

"끄아아아아악!"

배교주가 양팔을 마구 휘둘렀다. 그 손에서 쏟아지는 거대한 장력들.

퍼퍼퍼퍼퍼엉!

천마검은 피하지 않았다. 그 장력들을 고스란히 맞으며

무애검으로 놈의 몸뚱이를 들쑤셨다.

그러고는 검을 빼냈다가 다시 찔렀다.

콰직!

배교주의 가슴이 뻥 뚫렸다. 등 뒤로 빠져나온 무애검에 검은 심장이 꿰뚫려 있었다.

"크으으윽."

배교주의 붉은 눈빛이 서서히 잦아들었다. 그와 함께 까맣던 그의 피부도 원래의 색으로 돌아가기 시작했다.

천마검도 마찬가지였다.

새까맣던 그의 피부가 원래 살색으로 돌아갔다.

"쿨럭!"

천마검이 기침을 하자 검붉은 피가 주르륵 쏟아졌다.

그는 무애검을 놓고 소매로 피를 훔쳤다.

쿵!

배교주의 무릎이 땅에 닿더니, 원독에 찬 눈으로 천마검을 보았다.

"네가…… 결국 네가…… 다 망쳐 놓았구나!"

밤마다 천마검이 찾아와 자신을 죽이는 악몽에 시달린 배교주였다. 그러더니 결국 현실에서도 이 꼴이 되어버렸다.

천마검은 배교주를 보지 않았다.

북녘 하늘.

어둠이 내리고 밤이 오면 저곳으로 패왕의 별이 또다시 뜨겠지. 그는 항주에서 천류영에게 들은 장진주의 한 대목을 읊조렸다.

"하늘이 나 같은 사람을 낳았으니, 반드시 쓸 곳이 있으리니."

싸우는 내내 그의 주변에서 맴돌던 바람이 그를 부드럽게 안았다.

그 뒤에서 울음 가득한 소리가 들렸다.

"백운회!"

벗의 목소리.

천마검이 미소로 고개를 돌렸다.

관태랑이 말에서 급히 내리다가 의족을 헛디뎌 땅에 굴렀다. 그는 오열하며 일어나 외쳤다.

"이럴 수는 없다고. 내가…… 내가 너와 꿈꾼 모든 것을…… 이렇게 날려 버릴 수는 없다고!"

뒤따라온 폭혈도는 관태랑이 천마검에게 반말을 하는데도 말리지 못했다.

천마검의 입과 가슴의 상처에서 계속 검붉은 피가 흘러나오고 있었기에.

폭혈도는 관태랑과 근처에 있는 독고설이 엉엉 우는 것

을 보았다. 그리고 하일과 눈이 마주쳤다.

"하일……."

"……."

"설마…… 아니지? 그러니까 우리 대종사께서 동귀어진 같은 거…… 그런 거 한 거 아니지?"

하일이 폭혈도의 시선을 외면하며 고개를 옆으로 돌렸다. 그런 그의 눈에서도 눈물이 떨어졌다.

폭혈도는 팽우종도 소리 없이 울고 있는 것을 보고는 양손으로 민머리를 박박 문질렀다.

"아니라고 말해, 아니라고!"

그의 작은 눈에서 갑자기 눈물이 폭포수처럼 쏟아졌다. 관태랑은 다리를 절룩거리며 천마검에게 다가갔다.

"백운회! 어떻게, 어떻게!"

천마검이 미소 지었다.

"관태랑, 내 벗."

"백운회!"

"우리의 꿈, 이만하면 어느 정도 이룬 거 아닌가?"

그러면서 그가 전장을 향해 고개를 돌렸다.

정파인과 사파인, 그리고 천마신교와 새외 문파까지.

그렇게 모두가 한마음, 한뜻으로 어우러진 모습.

관태랑이 고개를 저었다.

"그래도…… 이건 아니잖아, 이건……. 흐흐흑!"

천마검은 자신을 부드럽게 휘도는 바람을 향해 손을 내밀었다.

"하연, 내 벗이다. 말했었지? 쿨럭."

그가 기침을 다시 내뱉었다. 이번에는 입에서 쏟아지는 피의 양이 심상치 않았다. 그는 다리에 경련이 이는 것을 느끼며 무애검을 땅에 쾅, 박았다.

그러고는 두 손으로 검을 누르며 몸을 지탱했다.

그때, 반대쪽에서 천류영이 달려왔다.

백운회는 고개를 돌려 천류영을 보았다가 다시 관태랑을 보며 말했다.

"관태랑, 저 녀석을 도와줘."

관태랑은 이제 말도 못하고 눈물만 쏟았다. 천마검이 말을 이었다.

"민심을 얻었어. 그렇다면 도와줘야지."

"…….".

"저 좋은 놈하고 권력 투쟁하지 말자고. 저 녀석이라면 너와 함께 멋진 세상을 만들어갈 수……."

천마검이 말을 잠시 끊고 몸을 부르르 떨었다. 그는 무릎이 굽혀지려는 것을 이를 악물고 버텼다.

천류영이 멈춰 섰다. 잠력단의 시간이 이미 지난 그는

가쁜 숨을 몰아쉬면서 주변을 보았다.

쓰러져 있는 강시왕.

그리고 오열하고 있는 사람들.

고통스러운 표정으로 몸을 떠는 천마검.

"아!"

천류영은 입술을 깨물었다. 그의 잇새로 울음이 새어나왔다.

"크흐흑, 으윽."

뒤따라온 독고무영과 수란, 그리고 남궁수도 얼굴이 굳은 채 침묵했다.

한차례 지독한 통증이 지나간 천마검이 천류영을 향해 입을 열었다.

"약속…… 지켰다."

그 말에 천류영의 눈에서 눈물이 왈칵 쏟아졌다.

패왕의 별로 가는 문을 열어주겠다는 약속.

"형님."

"뒷일을 부탁한다."

천류영은 눈물을 쏟으며 고개를 저었다.

"형님, 저는…… 저는 그저 형님이 가신 길을 따랐을 뿐이라고요. 형님이 지금처럼 앞장서서 이끌어주셔야 된다고요."

백운회가 핼쑥한 미소로 대꾸했다.

"안다. 그러나 이제는 네가 앞장서서 다른 사람들을 끌어주어야 한다. 자신을 믿어라. 아까 말했듯, 너는 이미 스스로를 충분히 증명했다."

"나는……."

"내가 패왕의 별이라고 믿은 것처럼, 너도 믿어라."

"형님……."

"나는 너를 믿는다."

"……."

천류영은 고통스러워하는 천마검에게 더 이상 대꾸하지 못하고 고개를 떨어트렸다.

천마검은 아직 싸움이 한창인 전장을 보며 미소 지었다. 마물들이 모래성처럼 무너져 내리고 있었다.

흑랑대와 북해빙궁은 도망치는 배교와 천하상회의 잔당들을 추격하기 시작했다.

그의 주변에서 바람이 계속 부는 가운데, 천마검이 고개를 돌렸다.

습관처럼 다시 바라보게 되는 북녘 하늘.

구우우우우.

금광구가 구슬피 울며 날아와 백운회의 어깨 위에 앉았다.

백운회는 금광구를 잠시 보다가 눈을 감았다.

고통스러운 순간이 셀 수도 없이 많은 인생이었다.

그럼에도 좋았다.

소중한 사람들을 만날 수 있었기에.

천류영, 네가 옳았다.

사람.

그래, 사람이 있어 좋았다.

패왕의 별, 뒷이야기 (一)

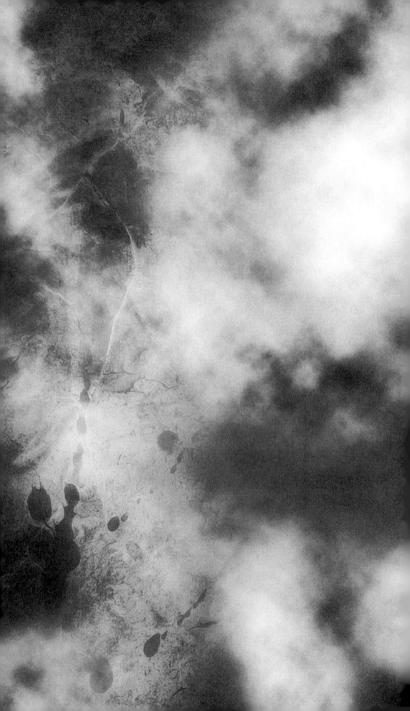

1

청해성의 십만대산 앞 평야에서 일천여 명의 천랑대와 흑랑대는 적룡가(赤龍家)가 주축인 삼천오백의 반란군과 대치하고 있었다.

태양이 유달리 뜨거운 유월.

최선두에 서 있던 초지명이 앞으로 성큼성큼 걷자 흑랑대가 추행진의 형태로 뒤를 따랐다. 그와 동시에 좌우에서 천랑대가 나란히 움직였다.

묵묵히 걷던 초지명이 청룡극을 번쩍 치켜들며 외쳤다.

"가자!"

흑랑대원들이 바람을 가르며 뛰어나갔다. 그에 뒤질세

라 천랑대도 땅을 박차며 달렸다.

그들을 마주하는 반란군은 자신들도 모르게 침을 꿀꺽 삼켰다. 천랑대, 흑랑대의 명성은 익히 들어 알고 있었다. 그러나 세 배도 넘는 전력인 터라 크게 두려운 감정은 생기지 않았다.

그럼에도 벼락처럼 달려오는 저들의 모습을 직접 대하니 숨이 턱턱 막혔다. 눈과 전신에서 뿜어져 나오는 살기가 마치 자신의 숨통을 끊는 것 같은 착각에 등줄기가 서늘해졌다.

더 괴이한 건, 저들이 달려오면서도 아무도 함성을 지르지 않는다는 점이었다. 그저 묵묵히 앞만 노려보며 달려오는 모습이 오히려 더 섬뜩하게 느껴졌다.

팽팽한 긴장감 속에서 반란군의 선봉 일천이 뛰어나갔다. 그리고 뒤에 남은 이천오백여 명의 본군(本軍)은 이어지는 광경에 충격으로 입을 다물지 못했다.

부우우우웅!

흑랑대주의 청룡극이 허공을 횡으로 가르자, 그 앞에 있던 서너 명이 비명도 지르지 못하고 한 합에 죽어 나갔다.

그리고 그건 시작에 불과했다.

쩌어어어어엉!

거의 모든 최전선에서 도검이 부딪치며 불똥을 일으켰다.

"으아아아악!"

"크아악!"

최전선에서 비명과 피가 솟구쳤다. 쓰러지는 자, 그 모두가 반란군의 선봉.

예외는 없었다.

천랑, 흑랑대는 여전히 독기 어린 눈으로 말없이 발을 내디뎠다.

반란군의 가장 후위에 설치되어 있던 단에서 이 광경을 지켜본 적룡가주는 자신도 모르게 움찔 몸을 떨며 신음을 흘렸다. 그의 팔에 소름이 돋아났다.

섬마검 관태랑은 핏물이 뚝뚝 떨어지는 검신을 들어 올렸다. 그러자 갈라진 배를 움켜쥐고 주저앉은, 반란군의 선봉장이며 원로원의 태상 장로, 혈혈운이 체념한 표정을 지었다.

그는 주변을 훑으며, 천랑대와 흑랑대에 속수무책으로 무너지는 수하들을 보며 장탄식을 뱉었다.

"천마검이 없어도…… 강하구나. 크크큭, 이 정도일 줄은……."

뺨이 홀쭉하게 야윈 관태랑은 혈혈운 태상 장로를 노려

보며 입을 열었다.

"왜 배신하셨습니까?"

"……."

"당신은 우리 사람이고, 천마검을 좋아했잖습니까? 그런데 왜, 왜 적룡가에 붙었습니까! 왜!"

관태랑의 말마따나 혈혈운 태상 장로는 흑룡가 출신이었고, 원로원에서도 뇌황 교주가 아니라 천마검을 지지한 인물이었다.

강호대전쟁에서 뇌황을 지지하던 원로원의 태상 장로들은 다 죽었다. 교주의 사망으로 천마신교 내에서 가장 큰 영향력을 갖게 된 원로원.

그랬기에 적룡가가 정변을 일으키더라도 원로원이 흑룡가를 지지할 것이니 일방적으로 밀리는 일은 없을 것이라 여겼던 것이다.

그러나 예상은 빗나갔고, 그로 인해 흑룡가는 상당한 타격을 입었다. 그나마 다행이라면, 흑룡가는 어렵게 도주하면서도 천랑대, 흑랑대의 가족과 지인들을 챙겼다는 점이었다. 관태랑의 모친인 마검후가 미리 대비를 해둔 덕분이었다.

혈혈운이 어이없다는 표정을 지으며 되물었다.

"정말 몰라서 묻는 것이냐?"

"……."

"적룡가주는 나에게 차기 교주 자리를 약속했다."

"고작 그것 때문에 신의를 저버렸단 말입니까?"

"고작?"

혈혈운은 고개를 절레절레 젓다가 피식 웃고 말을 이었다.

"하긴, 너희는 그런 놈들이었지. 하지만…… 그런 너희들이 별종인 것이다. 내가 아니라."

"……."

"명분? 신의? 쯧쯧, 쉽고 빠른 길을 놔두고 그렇게 어려운 길로 빙빙 돌아가니까 결국 천마검도 죽고 본 교의 숙원인 중원무림 진출과 정복도 물 건너간 것이다. 이게 다 멍청한 천마검과 너희들 때문에……."

슈각!

관태랑의 검이 혈혈운의 목을 베었다.

지긋지긋한 헛소리를 들어줄 아량이 관태랑에게는 남아 있지 않았다. 무력만으로 권력을 쟁취한 최후는 비극일 뿐이라는 것을 말해줘 봤자 저들은 인정하지 않을 테니까.

적룡가주는 선봉을 붕괴시키고 본군마저 짓밟으며 달려

오는 천랑, 흑랑대를 보면서 후퇴령을 내리려다가 뒤에서 들려오는 함성에 다시 한 번 흠칫 몸을 떨었다.

"우와아아아아!"

거센 함성이 뒤에서 밀어닥쳤다. 그들은 그동안 꽁지 빠지게 도망 다니던 흑룡가였다. 거기에 북해빙궁과 혈왕문도 가세해 있었다.

선두의 마검후가 카랑카랑한 목소리로 외쳤다.

"그동안 죽어간 동료들의 복수를!"

흑룡가의 무사들이 일제히 복창하며 뛰었다.

"복수를!"

적룡가주는 그 광경을 보면서 공황에 빠졌다.

천랑, 흑랑대의 예상을 훌쩍 뛰어넘는 무력으로 충격에 빠진 상태에서 포위까지 되었다는 압박감은 그로 하여금 망연자실하게 만들었다.

그의 곁에 있던 백룡가주가 외쳤다.

"흑, 흑랑대주가 오고 있소!"

"뭐?"

적룡가주가 화들짝 놀라며 다시 앞을 보았다.

설마 했다.

본군의 선두와 충돌한 지 얼마나 됐다고.

"미친!"

욕설이 절로 튀어나왔다.

구 척 청룡극에서 강기가 유성우처럼 쏟아져 나왔다. 그에 놀란 수하들이 피하다 보니 앞길이 뻥 뚫리고 있었다.

적룡가주는 눈앞의 광경이 도무지 현실처럼 느껴지지 않았다. 미친 듯 질주해 오는 흑랑대주의 모습도 어처구니없지만, 전선의 모든 곳이 힘없이 무너져 내리는 장면은 악몽보다 더 끔직했다.

백룡가주가 신음을 흘리며 중얼거리듯이 탄식했다.

"천마검 때문에 저들의 실력이 가려져 있던 거구나!"

그의 탄식은 저들의 무위에 대한 놀라움의 표출인 동시에 천마검이 얼마나 대단했는지 새삼 깨달으며 터져 나온 것이었다.

초지명에 의해 부대가 동강 나게 되자, 고수들이 그를 막기 위해 움직였다. 그러자 이번엔 본군의 좌우가 천랑대에 의해 급속도로 붕괴되기 시작했다.

슈라라라락, 채액, 파파파팟!

수라마녀의 채찍이 앞을 막는 이들의 몸을 갈기갈기 찢었다. 마령검의 검이 폭주하며 그가 지나가는 곳마다 피분수를 일으켰다.

"으아아악!"

"괴물들이다! 괴물들이라고!"

이미 선봉이 짓밟힐 때부터 얼이 빠져 있던 본군은 전의가 땅에 떨어진 상태. 적룡가주는 진즉 후퇴령을 내려야 했다. 그러나 그는 천랑, 흑랑대가 선봉을 상대하면서 무리하고 있다는 오판을 했다.

말 그대로 오판이었다.

지치기는커녕 오히려 더 거세게 몰아붙이는 천랑대와 흑랑대는 전율, 그 자체였다. 선봉보다 배는 빠른 속도로 붕괴되는 본군.

폭혈도는 그저 앞을 막는 한두 명만 베며 달렸다. 그러다 보니 어느새 그가 가장 앞에서 질주하고 있었다.

관태랑은 마구 날뛰는 고수들과 휘하 수하들의 연계를 지휘하며 어느 누구도 홀로 떨어지지 않게 통솔했다.

적룡가주와 백룡가주는 천랑대와 흑랑대가 보여주는 완벽함에 치를 떨었다. 사방에서 싸움이 한창인데, 단 한 곳의 약점조차 보이지 않았다.

그들은 최후를 예감했다.

어느새 뒤쪽으로도 마검후가 근접해 있었다. 당연히 수하들을 나눠 상대해야 했지만, 그 당연한 명조차 내리지 못했다. 이 상황에서 그런 명을 내려봤자, 부대의 붕괴를 가속시킬 뿐이라는 것을 직감했기 때문이다.

콰아아아아앙!

"으아아아아악!"

폭음과 함께 단 앞을 막고 있는 호위무사들이 비명을 지르며 나뒹굴었다.

초지명 흑랑대주와 폭혈도 천랑대 일조장이 마침내 단 앞까지 다다른 것이다. 뒤따르던 그들의 수하들이 오십여 장이나 떨어져서 싸우고 있다는 점을 감안하면, 이 둘은 가히 무인지경을 달려온 것이나 다름없었다.

그 어마어마한 속도에, 뒤에서 달려오던 마검후조차 혀를 내둘렀다. 그녀는 혈혈운 태상 장로가 관태랑에게 죽어가며 했던 말을 중얼거렸다.

"저들이…… 저 정도로 강할 줄이야."

그러나 그녀는 이내 고개를 저으며 안타까운 표정을 지었다.

"동시에…… 천랑대, 흑랑대를 제외한 본 교의 저력이 그만큼 약해졌다는 의미겠구나."

그녀의 생각은 옳았다.

천마신교의 진짜 정예들 태반은 뇌황 교주에게 차출되어 중원무림 침공을 나갔다가 사라져 갔으니까. 그녀는 그 정예들을 전멸시킨 무림서생을 향한 두려움도 새삼 느끼고 있었다.

북해빙궁주 설강이 옆에 있는 혈왕문주에게 투덜거렸다.

"당최 우리는…… 왜 여기까지 온 거지?"

그 물음에 혈왕문주도 실소를 흘렸다.

초지명과 폭혈도가 동시에 땅을 박차고 단으로 뛰어올랐다. 그들을 향해 쏟아지는 적룡가주와 백룡가주의 무수한 검기들.

퍼퍼퍼퍼펑!

초지명과 폭혈도는 호신강기를 끌어 올리며 검기들을 무시했다.

부우우우웅! 서걱.

쇄애애액, 쩡!

눈을 부릅뜬 적룡가주의 머리가 몸에서 떨어져 허공을 날았다. 폭혈도의 일격을 막아낸 백룡가주가 뒤로 나동그라지며 외쳤다.

"컥! 미친! 하, 항복하……."

콰직.

폭혈도의 환도가 백룡가주의 머리를 쪼갰다. 그에 초지명이 폭혈도를 물끄러미 보았다. 반란 수괴 중 한 명 정도는 살려두는 것이 전후(戰後) 뒤처리에 편하니까.

폭혈도는 환도를 회수해 뇌수를 털어내며 말했다.

"항복하지 않겠다고 말하려고 했습니다."

"……."

초지명은 피식 웃고 말았다.

딱히 뭐라 할 입장이 아니었다. 설마 적룡가의 수장이 자신의 일 초도 받아내지 못할 것이라고 생각 못한 자신의 잘못도 있었으니까.

전투는 허무할 만큼 일방적으로 끝났다.

마노사를 필두로 한 중립 세력들은 천랑대, 흑랑대의 무력을 확인하고 혹여 불똥이 자신들에게도 튈까 노심초사했다.

그리고 마검후가 여인으로는 최초로 천마신교 교주에 올랐다.

*　　　*　　　*

천류영은 '패왕의 별[覇王星]'이 되었다.

어떤 개인이나 일부 세력이 아니라 중원무림 전체가, 아니, 천하가 그렇게 인정했다.

대방파, 군소 문파, 소속 없는 낭인들.

그들 모두가 천류영에게 고개를 숙였다. 또한 무림과

관계없는 민초들도 열렬하게 천류영을 성원했다.

사상 최초로 무림맹주인 동시에 백현각의 수장인 총군사가 된 그는 무소불위의 권력을 움켜쥐었다.

그는 그 권력을 가지고 절강 분타에서 했던 것처럼 빠른 속도로 개혁을 진행시켰다.

금권의 힘으로 세상을 뒤에서 농락하던 천하상회—정확히 말하자면, 천하상회의 황씨 일가와 그들의 측근들—를 황궁과 손잡고 처단했다.

더불어 그동안 무림에서 부정, 비리, 약탈을 저질러 온 이들을 지위 고하, 정사를 가리지 않고 단죄했다.

또한 그는 무림맹의 대대적인 조직 개편에도 착수했다. 무림맹을 정파, 그리고 대방파만의 무림맹이 아니라 모두의 무림맹으로 만들기 위해서.

군소 방파 출신뿐만 아니라 낭인, 그리고 사파도 무림맹의 요직에 어렵지 않게 진출할 수 있으며, 더 나아가 천마신교를 비롯한 새외의 문파도 마찬가지라는 선언을 했다.

만약 천류영이 패왕의 별로 인정받지 않았더라면, 정파 무림 특히 명문 대방파로부터 거센 반발을 불러올 만한 일이었다.

물론 이런 행보에 불만이 있는 이들도 적지 않았지만,

대놓고 딴죽을 걸지는 못했다.

강호대전쟁은 기존의 세력들로부터 힘을 빼앗았고, 천류영은 권력을 독점하고 있었기 때문이다.

천류영은 조직 개편의 첫 단추로 새외무림의 대표라 할 수 있는 천마신교와 사파의 주축으로 성장한 하오문의 지부를 무림맹 총타 내에 설립하게 만들었다.

그와 동시에 천마신교와 하오문에 인재를 보내 달라고 요청했다. 하오문의 수란문주는 바로 수락했으나 천마신교는 침묵했다.

봄이 피는가 싶더니, 여름이 우거졌다. 풍성한 가을을 지나 눈 내리는 겨울이 왔다.

그렇게 계절이 돌고 돌아 어느새 이 년이 흘러갔다.

＊　　　　＊　　　　＊

맴맴맴맴맴.

매미가 요란스럽게 울어 대는 여름이다.

무림맹 총타가 자리한 동정호의 군산도.

무너진 전각들이 대부분 새롭게 재건되었는데, 그중에서 창을 열면 동정호가 보이는 곳에 자리한 칠층 전각은 패왕의 별이며 무림맹주인 천류영이 거하는 곳으로 매우 유명했다.

원래 전각의 이름은 맹주각(盟主閣)이었는데, 사람들은 패왕각이라고 불렀다.

패왕각의 삼층에 자리한 내실.

<u>드르르륵.</u>

내실의 문이 열리고 한 사내가 들어섰다. 그는 창가에 기대 있는 대머리사내를 보며 엷은 미소를 머금고 말했다.

"오랜만이네."

폭혈도는 쓰게 웃다가 대꾸했다.

"그래봤자 이 년(二年)이 조금 넘었지."

"그런가? 그래, 겨우 이 년이 조금 넘었군."

"……"

"보고…… 싶었다. 올 거면 빨리 좀 오지."

폭혈도는 민머리를 쓱쓱 문지르다가 대꾸했다.

"빨리 왔으면…… 그냥 다 부숴 버리고 싶은 충동을 억누르지 못했을 거야."

하일의 눈가가 잘게 떨렸다. 그는 입술을 꾹 깨물고 이해한다는 표정으로 고개를 끄덕였다.

둘은 내실 가운데 자리한 커다란 원탁에 마주 보고 앉았다. 서로의 안색을 살피며 잠시 침묵이 흘렀다.

폭혈도가 먼저 입을 열었다.

"……네가 사파의 지부장, 그러니까 사파의 대표인 건가? 출세했네. 짜식, 네가 이 형님과 어깨를 나란히 하는 날이 올 줄이야."

폭혈도의 너스레에 하일이 가볍게 손사래를 쳤다.

"대표는 무슨. 그저 본 문과 사파의 여러 문파들의 의견을 전하는, 그냥 소통을 맡은 자리지."

말은 그렇게 하지만, 폭혈도의 말마따나 매우 중요한 자리였다. 원래 권력이란 언로(言路)를 통해 이동하는 것이니까.

폭혈도는 사파에서 하오문의 입지가 얼마나 커졌는지 짐작할 수 있었다. 그리고 그의 짐작처럼 하오문은 녹림문과 더불어 사파의 양대 세력으로 성장해 있었다.

그러나 폭혈도에겐 그런 것들보다 하일이 이렇게 세상에 잘 적응해 살고 있는 것이 더 기꺼웠다.

그래서 입가에 잔잔한 미소가 일었는데, 그 미소를 본 하일도 그제야 걱정스러운 표정을 풀었다. 내실에 처음 들어왔을 때 본 폭혈도의 얼굴은 전보다 너무 야위어서 순간 울컥했던 것이다.

"너…… 괜찮은 거냐?"

폭혈도는 자신의 민머리를 손바닥으로 쓱쓱 문지르며 고개를 돌려 창밖을 보았다.

잠깐의 침묵 후, 폭혈도는 찻잔을 들며 말했다.

"그날 이후…… 죽을 것 같았지. 당최 뭘 먹을 수가 없더라고. 먹어도 토하고."

"……."

"그런데도 살아지더라고."

폭혈도는 피식 웃었다가 차를 한 모금 마시고 말을 이었다.

"정변을 일으킨 적룡가 놈들이 난생처음으로 고마웠다. 그때 그놈들 아니었으면…… 버티기 힘들었을 테니까. 그 놈들을 죽이기 위해서 토하면서도 먹었지. 힘을 내야 하니까."

"그 이후엔……."

"많이는 못 먹지만…… 토하지도 않아. 그래서 그냥 살아왔는데, 세월이 벌써 이렇게 흘렀더군."

다시 침묵이 찾아왔다.

하일은 상투적인 위로라도 하고 싶었다. 지금 이런 네 모습을 천마검이 보면 얼마나 가슴 아프겠느냐고.

그러나 차마 입술이 떨어지지 않았다.

천마검 백운회.

그 이름을 언급하는 순간, 폭혈도가 무너질까 봐 두려웠다. 그만큼 폭혈도의 안색은 좋지 않았고, 얼굴과 몸이 많이 야윈 상태였다.

내실 밖 복도에서 발소리가 들렸다. 그 소리를 들으며 폭혈도는 입술을 깨물었다.

무림서생 천류영.

천 공자였다.

어떻게 아느냐고?

그냥 알아졌다.

폭혈도는 마주한 하일을 보며 비아냥조로 물었다.

"그런데 천 공자를 이젠 뭐라고 불러야 하지? 패왕의 별이 되신 고귀한 분을 그냥 천 공자라 부를 순 없잖아."

하일은 입을 열지 않았다. 폭혈도의 목소리가 커서 이 방으로 오고 있는 그 사람에게 들렸을 것이다. 아마 폭혈도도 그것을 노리고 언성을 높인 것일 터이고.

폭혈도의 말이 이어졌다.

"맹주님? 총군사님? 크허허허! 그 외의 직함도 여덟 개라던데…… 젠장, 누군 좋겠네. 무소불위의 권력을 휘두르며 잘살고 있으니."

발소리가 문 바로 앞에서 멈춰 있었다. 폭혈도는 그 문을 차가운 눈으로 노려보며 짜증을 냈다.

"젠장, 손님이 먼 길을 왔는데 언제까지 기다려야 하는

거야? 불렀을 때 바로 안 오고 이제야 왔다고 타박하는
건가?"

하일이 결국 입을 열었다.

"폭혈도, 그만하는 게 좋겠다."

"뭘? 솔직히 그가 요청한다고 본 교가 따를 이유는
없는 거잖아. 그리고 황제도 없는 데서는 욕할 수 있는
거고. 아! 전설의 패왕성은 별격의 존재이시니 예외인
가?"

계속되는 힐난에 하일의 미간이 찌푸려졌다. 문밖에서
묵직한 중저음이 들려왔다.

"들어가겠습니다."

이미 자리에서 일어나 있던 하일은 한숨을 뱉었다. 마
치 아이처럼, 팔짱을 낀 채 오히려 등을 의자에 묻는 폭혈
도의 모습 때문이었다. 그런 폭혈도의 심정이 이해가 가
면서도 씁쓸했다.

드르르륵.

문이 열리고 천류영이 안으로 들어왔다. 그와 동시에
폭혈도가 한 손을 번쩍 들면서 외쳤다.

"어! 천 공자! 그동안 출세해서……."

앉은 채 말하던 폭혈도의 얼굴이 일그러졌다. 천류영은
들어와 문을 닫고 정중하게 포권했다.

"귀 교에서 저와 인연 있는 폭혈도 조장님을 보내줄 것이라 예상하고 있었지만…… 그래도 이렇게 다시 보니 반갑습니다."

폭혈도는 천류영을 뚫어지게 보다가 입술을 깨물며 욕설을 뱉었다.

"씨불."

천류영이 원탁에 다가오며 하일과 목례를 주고받았다. 그러고는 미소를 머금은 채 폭혈도에게 물었다.

"다른 분들은 어떻게 지내십니까?"

폭혈도는 다시 욕설을 뱉었다.

"씨펄."

천류영이 의자에 앉으며 손에 쥐고 있던 책 보따리를 원탁 위에 놓았다.

하일이 물었다.

"웬 책입니까?"

그러나 천류영이 뭐라 답하기도 전에 폭혈도가 말했다.

"얼굴이…… 그게 뭡니까?"

천류영이 어색한 미소로 답했다.

"요즘 일이 많아서 피곤……."

폭혈도가 말을 끊었다.

"씨펄, 진짜 내가 미친 척하고 주먹 한 방 날리려고 했는데……. 젠장, 치면 바로 죽겠네."

하일이 결국 끼어들었다.

"폭혈도, 네 심정은 알겠지만, 맹주님 잘못은 아니잖
아. 괜한 화풀이를……."

천류영은 손을 들어 하일의 말을 끊고 폭혈도를 바라보
며 고개를 끄덕였다.

"……쳐도 괜찮습니다. 그래서 설이와 풍운을 떼어놓고
왔으니까요."

폭혈도의 일그러진 얼굴이 더 구겨졌다. 천류영의 지금
말 한마디로 그가 어떤 심정으로 살아왔는지 짐작하고도
남았으니까.

"아니…… 나보다 더 망가져 있으면 어떻게 하라는 겁
니까? 이러면 내가…… 나만 나쁜 놈 되는 거 같잖아."

천류영은 어깨를 으쓱하고 대꾸했다.

"저는 괜찮습니다."

"……."

"섬마검께서는 어떻게 지내십니까? 끼니는 잘 챙겨 드
시는지…… 걱정입니다. 두문불출(杜門不出)한다는 풍문
은 들었는데."

"아오! 아오! 진짜……."

폭혈도가 양손으로 얼굴을 거칠게 비비며 마른세수를

했다.

2

천류영은 잠시 침묵하다가 책 보따리를 폭혈도 앞으로 밀며 말했다.

"이 책을 좀 봐주십시오."

가까스로 감정을 추스른 폭혈도는 보따리를 풀고 책 제목을 보았다. 흔들리는 그의 눈동자.

한눈에 보아도 범상치 않은 서체로 적혀 있는 세 글자.

패왕의 별[霸王星]

하일도 제목을 보고는 숨을 들이켰다.

폭혈도가 책 표지를 뚫어지게 보고 씁쓸하게 웃으며 물었다.

"자서전이라도 쓰셨습니까?"

"편하게 대해주십시오. 굳이 그렇게 존댓말을 쓰지 않아도……."

"저는 지금 천마신교의 대리인으로 여기 파견 나와 있습니다. 제가 천 공자를…… 아니, 맹주님께 존대를 안

하면 본 교가 욕을 먹습니다."

"……."

"어쨌든 맹주님의 자서전을 왜 저더러 읽으라는 겁니까?"

그러면서도 폭혈도의 손은 책을 집어 들고 있었다. 그러자 천류영이 고개를 저으며 가장 아래에 놓인 책을 꺼내서 펼쳤다.

"여기를 먼저 읽어주십시오."

책의 마지막 장.

이제 긴 이야기를 마치며 마지막 소회를 쓴다.

각박한 삶을 아름답게 만드는 가치들이 세상에는 많이 존재한다. 사랑, 우정, 희망, 용기, 신념 등등.

나는 그 고귀한 가치들 중 가장 숭고한 한 가지를 언급하려고 한다.

희생(犧牲).

천마검 백운회는 최후의 승리를 차지하기 위해서 배교의 준동을 잠시 외면할 수도 있었다.

그랬다면…… 그가 그렇게 아주 조금만 이기적이었다면, 지금 세인들이 나를 일컬어 패왕의 별이라고 부르는 일은 없었을 것이다. 나쁜만 아니라 숱한 협사(俠士)들이 죽었을 것이고,

세상은 약탈당하며 절망으로 가득 찼을 것이라 확신한다.

배교의 마물과 그에 결탁한 악의 무리들에 유일하게 맞설 수 있는 천마검 백운회가 패왕의 별로 주목받게 되었을 것이며, 단언하건대 그가 악(惡)을 물리치고 모든 영광을 차지했으리라.

그러나 천마검 백운회는 그러지 않았다. 그럼으로써 그는 모든 것을 가질 수 있는 최고의 자리에서 스스로 물러났다. 자신의 목숨까지 버려가면서.

나는…… 새삼스럽게 천마검 백운회가 무엇을 위해 그런 희생을 했는지 여러분에게 묻지 않겠다.

왜냐하면 이 책을 끝까지 읽은 당신은 이미 답을 알고 있을 테니까.

다만, 한 가지만은 꼭 얘기하고 싶다.

지금을 살아가고 있는 우리는…… 모두 그에게 큰 빚을 지고 있다는 것을 잊지 말아야 한다는 당부를 전하고 싶다.

진정한 패왕성인 천마검을 기리며, 무림서생 천류영 쓰다.

폭혈도의 눈가가 격한 경련을 일으켰다. 옆에 있는 하일도 침음을 흘리며 천류영을 보았다.

천류영은 폭혈도를 향해 말했다.

"밤마다 시간을 아껴 조금씩 써 나갔습니다. 저와 천마검 형님, 그리고 많은 사람들의 이야기들을."

"……."

"저는 이 책을 천하에 배포할 예정입니다. 그전에…… 천마검 형님과 많은 시간을 보낸 섬마검님이나 폭혈도 조장께서, 그리고 천랑대의 다른 조장들이 먼저 읽고……."

입술을 계속 깨물어 대던 폭혈도가 말을 끊었다.

"됐소. 아니…… 됐습니다."

"예?"

"읽기는 하겠지만…… 굳이 저희들의 도움은 필요 없을 것 같습니다."

"제가 모르는 천마검 형님의 얘기들을 더 많이 넣을 필요가……."

폭혈도가 시선을 책에서 떼고 천류영을 직시했다.

눈은 붉게 충혈 됐지만 웃고 있었다. 그는 격한 감정을 추스르며 미소로 말했다.

"이게 더 자연스러울 테니까요. 맹주님 분량보다 더 많은 얘기가 들어가면…… 우리 대종사님뿐만 아니라 맹주님에게도 오히려 좋지 않을 겁니다. 세상의 오해란 그렇게 시작되니까요."

천류영의 눈동자가 흔들렸다. 천마검을 향한 그리움과 미안한 마음이 크다 보니 지금 폭혈도가 지적한 점을 놓쳤다는 것을 깨달았다.

하일도 새삼스러운 눈빛으로 폭혈도를 보며 낮은 탄성을 뱉었다. 그러거나 말거나 폭혈도의 말이 이어졌다.

"글을 마친 소회만으로도…… 맹주님의 심정을 충분히 느낄 수 있었습니다. 그리고 내가 아는 천 공자라면……."

폭혈도는 말을 끝맺지 못하고 입술을 부르르 떨었다. 그러더니 자리에서 일어나서 천천히 허리를 숙였다.

"고맙습니다. 우리 대종사님을…… 진정한 패왕의 별이라고…… 해주셔서. 다른 사람도 아닌 당신께서 그렇게 말해주셔서…… 고맙습니다."

고개를 깊게 숙인 폭혈도의 눈에서 눈물이 뚝뚝 떨어졌다. 그리고 그의 흐느낌 같은 말이 이어졌다.

"이 책은…… 섬마검 대주님이나 수라마녀, 마령검, 그리고 우리 천랑대원들에게 많은 위로가 되어줄 겁니다. 흐흐흑, 아 진짜, 정말…… 내가 누구한테 이렇게 고개 숙이는 놈이 아닌데…… 흑흑."

천류영도 자리에서 일어나 폭혈도를 안았다.

"죄송합니다. 그리고 와주셔서 고맙습니다."

말하는 그의 눈에도 눈물이 맺혔다. 폭혈도가 그런 천류영을 보며 말했다.

"밥 좀 잘 드십시오. 잠도 좀 자고. 아오! 섬마검 대주님한테 하는 얘기를 여기서도 하네."

내실 문밖에서 독고설이 눈가를 훔치며 함께 울었다.

＊　　　＊　　　＊

폭혈도는 앞으로 자신이 군산도에서 머물게 될 이층 전각 앞에 서 있었다. 하일은 밤에 함께 낚시 가자는 말을 남기고 옆 전각으로 들어갔다.

폭혈도는 전각 앞에 아담하지만 잘 꾸며진 정원을 보다가 쓰게 웃었다.

이곳은 무림맹 총타였다.

원래라면 잔뜩 긴장해야 하건만, 왠지 모르게 마음이 편했다.

폭혈도는 전각으로 들어가는 입구에서 이곳을 경호하게 될 무사들과 가벼운 인사를 나눴다. 호위 책임자가 전각 내부를 안내했고, 모두 둘러본 폭혈도는 집무실 책상에 들고 있던 책 보따리를 놓았다.

그리고 잠깐 멍하니 앉아 있던 그는 자연스럽게 보따리

를 풀고 책을 들었다.

왠지 모르게 가슴이 두근거렸다.

이 안에 그려진 자신과 동료들, 그리고 대종사는 어떤 모습일까?

살짝 후회도 들었다.

천 공자가 퇴고를 부탁했을 때 그냥 받아들이는 것이 낫지 않았을까?

자신이 천 공자를 처음 만났을 때가 떠올랐다.

빌어먹을 소교주가 배신하는 바람에 대종사가 위험에 빠진 것을 알고 용락산으로 부랴부랴 달려가던 때였다.

그때, 천 공자를 오해하고 윽박지른 기억.

그는 그런 기억들을 떠올리며 책을 펼쳤다. 문밖에서 시녀의 목소리가 들렸다.

"은침차(銀針茶)를 들일까요?"

폭혈도는 책에서 눈을 떼지 않고 대꾸했다.

"부탁하지."

잠시 후, 문이 열리고 김이 모락모락 올라오는 차가 읽고 있는 책 옆에 놓였다.

달그락.

폭혈도의 시선이 자연스럽게 찻잔을 내려놓는 손에 닿았는데, 무척이나 작고 하얗다는 생각이 들었다.

"고맙다."

폭혈도는 찻잔을 그러쥐며 고개를 들었다. 동시에 그의 작은 눈이 찢어질 듯 커지며 얼어붙었다.

그녀가 하얀 미소로 말했다.

"잘 지내셨어요?"

백화 남궁소소.

"어어⋯⋯."

"얼굴 보니 잘 못 지냈나 보네요."

"뭐⋯⋯."

"보고 싶었어요. 엄청."

"⋯⋯."

"전쟁이 끝나면, 절 찾아오겠다고 약속했잖아요."

"⋯⋯."

"설마 그 약속 잊은 거 아니죠?"

"아니, 잊은 건 아니고⋯⋯."

멍한 얼굴로 대꾸하던 폭혈도가 그제야 정신을 수습하고 말을 이었다.

"그런데 네가 왜 여기에 있는 거지?"

"맹주님하고 오라버니한테 졸랐어요."

"아무리 그렇다고 그 양반들이 너를 시녀로⋯⋯."

"안 시켜주면 죽어버리겠다고 협박했어요."

"하아……."

폭혈도는 찻잔을 내려놓고 민머리를 쓱쓱 문질렀다.

전혀 예상도 못한 일이 벌어지자 당최 어떻게 대처해야 할지 막막했다.

죄 지은 것도 없는데 식은땀이 났다.

폭혈도의 얼굴을 뚫어지게 들여다보던 남궁소소가 안쓰러운 낯빛으로 한숨을 뱉었다.

"후우우우. 그분, 천마검께서 그렇게 된 건 정말 유감이에요. 정말 멋진 분이셨는데."

"……."

"그래서 폭혈도 아저씨가 조금 늦게 올 수도 있겠구나 생각했죠."

"음, 아저씨가 아니라 오라버니 아니었나? 우리 의남매 사이였으니까."

남궁소소가 손을 가리고 소리 없이 웃다가 고개를 저었다.

"남매 안 하려고요."

폭혈도는 그제야 자신이 남궁소소의 얼굴을 뚫어지게 보고 있다는 사실을 인식하고 멋쩍게 시선을 돌렸다. 그리고 헝클어진 머릿속을 정리하느라 한참 침묵했고, 남궁소소도 조용히 기다렸다.

결국 폭혈도가 먼저 입을 열었다.

"흠흠, 우선 날 아직도 기억해 주고 있어서 고맙다. 난 당연히 네가 나 같은 대머리에 중년의 못생긴 아저씨는 잊었을 거고, 좋은 청년 만나서 시집갔을 거라 생각했지."

"시집갔으면 소문이 났겠죠? 그래도 제가 명색이 무림오화 중 한 명인 백화인데."

"어, 그러니까…… 목하 열애 중일 수도 있고. 만약 그렇다면 내가 불쑥 나타나 네 삶을 훼방 놓는 게 되잖아. 그래서……."

남궁소소가 실소를 터트렸다.

"풋, 푸흐흐흐."

그녀의 웃음에 말이 끊긴 폭혈도가 이맛살을 찌푸리며 물었다.

"왜 웃지?"

"하나도 안 변해서요. 그게 좋아서요."

"……."

남궁소소가 환하게 미소 지었다.

"고마워요."

"응? 뭐, 그게 그렇게 고마운 말이었나?"

폭혈도는 고개를 갸웃거렸다. 못 온 핑계를 댔는데 왜

고맙다고 하는 건지.

"어쨌든 내 생각 했다고 말한 거잖아요."

"……."

"무서웠거든요. 날 까맣게 잊었을까 봐."

다시 둘의 눈이 마주쳤다.

*　　　*　　　*

탁.

마지막 책장을 덮은 관태랑은 고개를 들었다.

지난 이 년 반.

술 없이는 단 하루도 잠을 이룬 적이 없었다. 아니, 하루 종일 술과 살았다.

탁해지고 몽롱했던 그의 눈은, 지난 이 년 반 그 어느 때보다 맑아져 있었다. 책을 읽으며 흘린 눈물이 그의 눈에서 탁한 기운을 씻어내기라도 한 것처럼.

"하아아아……."

관태랑은 한숨을 내쉬다가 주변을 보았다.

폭혈도가 보내줘서 며칠간 읽은 책 외에는 온통 빈 술병뿐이었다.

그가 천천히 일어나 움직였다.

창문을 여니 여명의 차가운 공기가 훅하니 들어왔다.

그는 그 신선한 공기를 깊숙이 들이마시면서 북녘 하늘을 보았다.

아직 몇 개의 별이 남아 있었고, 그중엔 패왕의 별도 있었다. 평생 실수로라도 보지 않겠다고 맹세한 그 별이.

조용히 눈물이 흘렀다. 그러나 그의 입은 미소를 머금었다.

관태랑이 별을 보며 말했다.

"죄송합니다. 당신의 뜻을…… 천 공자에게만 맡겨둔 채 외면하고 있었습니다. 그 친구 잘못도 아닌데, 그냥 미워서…… 그 짐을 그 친구에게만 떠넘기고……."

그는 이 년 반 만에 뜨거워지는 가슴을 느끼며 말을 이었다.

"다시…… 살겠습니다."

3

사천성, 겨울.

태양이 저물며 땅거미가 길어지더니, 허공이 어둠으로 물들었다. 아침부터 눈[雪]을 쏟아내던 구름이 물러간 밤하늘은 맑고, 간간이 바람이 불었다.

열댓 개의 화톳불이 타오르고 있는 야산의 정상.

섬마검 관태랑은 주변에 서 있는 사람들을 가볍게 훑었
다.

천마신교 부교주라는 자리와 흑랑대주를 겸하고 있는
초지명은 무덤덤했고, 그의 좌우에 있는 몽추와 파륵은
살짝 상기된 표정이었다.

수라마녀와 마령검은 담담한 낯빛이었고, 북해빙궁주
설강은 하품을 하다가 눈이 마주치자 씩 웃고 말했다.

"우리…… 북두칠성 같지 않나?"

그의 싱거운 농담에 일곱 명이 서로를 마주 보았다. 그
러고 보니 무질서하게 서 있었는데 위치가 북두칠성과 닮
아 있었다.

수라마녀가 심드렁하게 대꾸했다.

"더럽게 재미없네요."

그러면서도 마령검의 손을 잡아끌어 자리를 옮겼다. 설
강은 약간 무안한 표정을 지었다가 투덜거렸다.

"늦는군."

관태랑이 말을 받았다.

"우리가 일찍 왔습니다."

초지명이 눈을 빛내며 입을 열었다.

"오는군요."

그가 말하고 잠시 후, 정상으로 이어지는 어두운 산길로 인영들이 모습을 드러냈다.

천류영, 독고설, 풍운, 낭왕 방야철, 빙봉 모용린, 폭혈도, 수란 하오문주, 광혈창 녹림문주.

선두의 천류영이 기다리고 있던 관태랑 일행을 향해 포권을 취했다.

"반갑습니다."

관태랑이 답례했다.

"오랜만입니다."

모두가 상대를 향해 포권을 취했다. 폭혈도만 뻘쭘한 표정으로 양쪽을 보다가 슬그머니 마령검과 수라마녀 사이로 들어갔다. 그러나 수라마녀가 도끼눈을 뜨고 쏘아보자 입맛을 다시며 관태랑 옆에 붙었다.

서로의 얼굴을 마주 보며 어색한 침묵이 잠시 흘렀다. 관태랑이 복잡한 표정으로 천류영을 직시하다가 입을 열었다.

"비밀 회동의 안건이 뭔지 궁금하지만, 먼저 이 말부터 하고 싶소."

"……"

"책…… 고마웠소."

관태랑 일행이 모두 고개를 끄덕이며 엷은 미소를 머금

었다. 다만, 마령검만은 괴로운 표정으로 입술을 꽉 깨물었다. 그는 아직도 천류영의 얼굴을 보는 것이 매우 불편했다.

천류영은 고개를 저으며 대꾸했다.

"의당 해야 할 일이었습니다."

수라마녀가 마령검의 손을 꼭 쥐며 말했다.

"그래도 고마운 건 고마운 거죠. 진심으로 그렇게 생각합니다."

초지명이 말을 이었다.

"그 책으로 인해 맹주님을 마구니라고 트집 잡는 이들이 적지 않다고 들었습니다. 그런 분란이 생길 것을 짐작하셨을 텐데도 어려운 결정을 내려주신 데 대해 심심한 감사를 표합니다."

천류영은 귀밑머리를 긁적이며 무겁게 대꾸했다.

"분란이 두려워, 혹은 제 위신이 떨어질까 저어해 진실을 외면한다면, 기존의 권력자들과 뭐가 다르겠습니까. 그렇다면 저는 죽어서도 천마검 형님을 뵙지 못할 겁니다."

관태랑 일행이 동시에 입술을 깨물며 낮은 침음을 흘렸다. 마령검 역시 한숨을 길게 내쉬었다. 천류영은 고개를 들어 북녘 하늘을 보며 말을 이었다.

"여러분도 그렇겠지만, 저 역시 패왕의 별을 보며 늘 천마검 형님을 그리워합니다. 그리고 힘들고 지칠 때마다, 제 자신과 타협하고 싶을 때마다 마음을 다잡습니다. 천마검 형님의 희생을 결코 잊지 않겠다고."

"……."

"천마검 형님 덕분에 저는 무소불위의 권력을 쥐었습니다. 그 권력으로 제가 해야 할 일은 명확합니다. 더 나은 무림, 더 나은 세상을 만드는 것입니다. 천마검 형님이 꿈꾸던 세상이지요."

"……."

"비록 제가 전무후무한 권력을 갖게 되었지만, 그런 세상은 저 홀로 만들 수 없습니다. 소통 없는 권력의 결말은 반드시 피비린내 나는 전쟁일 수밖에 없으니까요."

폭혈도가 거들었다.

"맹주께서 우리와 함께하자는 얘기이십니다. 무림맹 총타에 지부를 내서 서로 소통하는 것을 넘어, 중원무림에 분타도 내고 그렇게 협력하고 선의의 경쟁을 하자는 거죠."

초지명이 낮게 한숨을 뱉고 입을 열었다.

"후우우, 무림 사상 전무후무한 시도가 되겠군요. 하지만…… 뜻은 높지만 현실은 결코 녹록치 않을 겁니다. 하나를 가지면 또 하나를 바라는 것이 인지상정. 사파뿐만 아니라 본 교도 무림맹주 자리를 차지하고 싶어질 것이오. 그러면……."

천류영이 말을 끊었다.

"그건 당연한 겁니다. 그리고 세인들이 당연하게 생각하도록 우리가 만들어야지요."

"그, 그게 무슨?"

"차기 무림맹주는, 여기 계신 낭왕께서 될 수도 있고, 광혈창 문주도 될 수 있어야 합니다. 또한 섬마검과 부교주님도 마찬가지지요."

관태랑 일행이 모두 아연한 표정을 지으며 숨을 들이켰다.

그러길 잠시. 초지명은 어깨를 들썩일 정도로 심호흡을 하고 피식 웃었다가 이내 신중한 표정이 되었다.

"음…… 고마운 말입니다. 그러나 당장 정파의 반대가 만만치 않을 터이고, 설사 가능하다 하더라도 무림맹주 자리를 놓고 싸움이 생기기 쉬울 터. 쉬운 일이 아닙니다."

천류영은 빙그레 웃고 답했다.

"쉽다고 한 적 없습니다. 어려운 길이니까 의미가 있지 않겠습니까?"

"……."

"천마검 형님이, 그리고 저뿐만 아니라 여러분 모두가 꿈꾸던 세상 아닙니까? 약육강식의 무림, 그로 인해 힘없는 자는 아무리 그 뜻이 옳아도 짓밟히는 이 세상을 바꾸기 위해 지금껏 싸워왔던 것 아닙니까?"

"……."

"그럼 바꿔야지요. 바꾸지 못하면 또 서로 죽이고 짓밟는 역사만 반복되고 말 테니까요."

낭왕 방야철이 고개를 끄덕이며 입을 열었다.

"우리가 꿈꾸는 것을 위하여! 새로운 세상을 우리 힘으로 열리라! 그리하여 마침내 우리는 전설이 되리라."

그의 말에 관태랑과 폭혈도, 수라마녀와 마령검의 눈동자가 거칠게 흔들렸다. 방금 낭왕의 말은 천랑대의 구호였으니까.

천류영이 말을 받았다.

"새로운 세상을 함께 만들어봅시다. 우리가 만들어갈 전설이 성공할지, 실패할지는 저도 모릅니다. 그러나 적어도…… 어려운 현실을 핑계로 시도조차 못한다면……."

천류영은 고개를 들어 다시 패왕의 별을 보며 말을 이었다.

"천마검 형님이 슬퍼하지 않겠습니까?"

모두의 시선이 패왕의 별을 향했다가 다시 천류영에게 돌아왔다. 천류영도 그들을 마주 보며 미소로 말을 이었다.

　"저를 도와주십시오. 으박지르는 것이 아니라 소통을, 적대가 아니라 경쟁과 협력을 하면서 더 나은 무림, 더 나은 세상을 만드는 겁니다. 설사 실패하더라도 훗날 누군가가 한잔 술을 마시며 말해줄 겁니다. 불가능해 보이는 그 꿈을, 그 고귀한 이상을 위해 치열하게 살다 간 이들이 있었다고."

　휘이이잉.

　바람이 그들 사이를 스쳐 지나갔다. 아무도 쉽게 입을 열지 못했다. 결국 교주로부터 전권을 위임받은 관태랑이 입을 열었다.

　"이 비밀 회동의 안건이 그것입니까? 도와달라?"

　모용린이 답했다.

　"전제라고 할 수 있겠네요. 우리 맹주님의 부탁을 거절하면…… 이어질 얘기는 무의미해질 테니까."

　관태랑이 피식 웃고 모용린을 보았다가 다시 천류영을 직시했다.

　"맹주께서 책을 우리에게 보내줬을 때, 이미 그때부터 우리는 맹주의 부탁을 거절할 수 없게 된 겁니다. 천마검과 우리가 틀리지 않았다고, 옳았다고 얘기를 해주셨는데 어떻게 우리가 싸울 수 있겠습니까. 예, 돕겠습니다. 협조하지요."

초지명이 말을 받아 이었다.

"구체적으로 뭘 바라는 겁니까?"

모용린은 정색을 하고 입을 열었다.

"우선 들어야 할 얘기가 있어요."

"……?"

"어둠 속에 숨어서 칼을 갈고 있는 자들이 있어요. 복수심, 그리고 잃어버린 권력을 되찾으려는 자들이죠."

관태랑 일행의 눈이 무겁게 가라앉았다. 모용린은 그들의 눈을 일일이 마주하며 계속 말했다.

"그날, 정주평야에서 마지막 전투가 펼쳐지고 있을 때, 낙양의 천하상회 총타엔 한때 본 맹의 좌군사였던 목이내가 있었어요. 그리고 그곳엔 특강시인 구악 한 구와 그 마물을 통제하는 배교의 주술사도 있었고요."

배교라면 치를 떠는 관태랑 일행이 입술을 질끈 깨물었다. 그들이 숨죽이고 경청하는 가운데, 모용린의 목소리가 이어졌다.

"목이내와 배교 주술사는 배교가 정주평야 회전에서 패배했다는 소식을 듣자마자 자취를 감췄어요. 그 과정에서

둘은 의기투합해 구악을 내세워 호위무사들을 제압하고…….”

설강이 불쑥 끼어들었다.

“천하상회의 재물을 빼돌렸겠군.”

폭혈도가 눈살을 찌푸리며 힐난했다.

“일단은 그냥 듣죠?”

모용린은 고소를 삼키고 다시 말을 이었다.

“빙궁주님 예상이 맞아요. 어마어마한 양의 황금을 빼돌렸어요.”

관태랑의 얼굴이 심각해졌다. 중원의 재화 중 사 할을 보유하고 있다는 천하상회였다. 물론 총타에 그 돈이 다 모여 있는 건 아니겠지만, 그럼에도 상상할 수도 없는 큰 금액일 것은 불을 보듯 빤했다.

모용린은 바람으로 인해 흘러내린 머리를 쓸어 넘기며 눈을 빛냈다.

“그리고 작년부터 흑장(黑場)이 사실상 사라졌어요.”

흑장.

비밀리에 청부 살인을 거래하는 곳이다.

크고 작은 자객 단체와 홀로 활동하는 살수들이 그곳으로부터 청부를 받아 사람을 죽이고 대가를 지급받는다.

관태랑이 입을 열었다.

"그들이 황금의 힘으로 천하의 자객들을 흡수했단 뜻이오?"

모용린은 고개를 끄덕였다.

"맞아요. 여기 계신 하오문주께서 알아내셨어요."

수란이 어깨를 으쓱하며 입을 열었다.

"혹시나 해서 말씀드리는데, 오해하지는 마세요. 본 문의 특성상 그쪽에도 아는 사람이 있던 것뿐이니까."

관태랑은 고개를 주억거리며 미간을 좁혔다.

"구악을 통제하는 주술사라면 실력이 상당하겠군요. 그럼…… 그는 또 마물들을 만들어낼 테고."

초지명이 말을 받았다.

"대륙에 있는 흑장이 수백 개가 넘는다고 들은 적이 있습니다. 그곳에서 활동하는 자객들을 흡수했다면…… 그 수가 만만치 않겠군요. 아!"

초지명은 불현듯 생각났다는 듯이 짤막한 소리를 내뱉고 천류영에게 물었다.

"혹시 암살당한 사람은 없습니까?"

천류영과 주변 사람들에게 원한이 있는 자들이니 무슨 해코지를 해도 이상하지 않았다.

"아직은 없습니다. 그들 입장에서는 충분한 힘과 확실한 기회를 갖기 전에는 꼬리를 잡히기 싫을 테니, 함부로 준동하지 못할 겁니다."

관태랑은 우려스러운 기색으로 한숨을 쉬었다.

"후우, 자객들이나 배교 놈들은…… 다른 건 몰라도 숨는 데 일가견이 있는 놈들. 지루하고 어려운 싸움이 되겠군요."

모용린이 맞장구쳤다.

"맞아요. 그리고 또 괜히 우리가 추적하고 있다는 것을 저들이 알게 되면, 그땐 저들도 물불 가리지 않고 주요 인사들을 노릴 수도 있으니 쉽지 않아요. 문제는 그뿐만 아니라 몇몇 대방파에서도 의심스러운 정황이 포착되고 있다는 점이에요."

"……?"

"강호대전쟁은 많은 문파들을 몰락시켰죠. 그런 문파들 중 몇몇 곳이 눈에 띄게 급성장해서 예전의 세력을 거의 회복하고 있는데, 상당한 돈의 힘이 아니면 불가능한 일이죠. 물론 이런 정황만으로 그들을 의심하는 것은 무리가 있어요. 하지만…… 그들이 최근 들어서 맹주님 행보에 노골적으로 불만을 드러내고 있거든요. 마음 같아서는 그들을 불러서 경고를 하고 싶은데, 그런 건 또 우리 맹주님이 좋아하지 않으니까."

모용린은 옆에 있는 천류영을 살짝 흘겨보았다가 다시

앞을 보며 얘기를 계속했다.

"어쨌든 은밀하게 움직이는 저들의 세력이 예사롭지 않다는 것이 중요하고, 이걸 계속 방치했다가는 결정적인 순간에 우리의 개혁도 좌초될 수 있다는 점이예요. 악(惡)은 잡초와 같아서 번지기 시작하면 삽시간에 주변을 삼켜 버리니까."

초지명이 동의했다.

"맞소. 우리가 꿈꾸는 세상을 향한 여정은, 맹주께서 조금 전에 말씀하셨다시피 매우 지난할 것이오. 수많은 반대 세력을 설득하고 이해시키며 나아가야 할 터인데, 그런 악의 무리가 뒤에서 황금의 힘으로 여론을 조작하고 세상을 흔든다면…… 그 끝은 비극일 것이오. 그전에 발본색원해야 할 것이오."

설강이 혀를 차며 고개를 저었다.

"저들이 꽁꽁 숨어 있는 이상 어떤 방법으로? 의심 가는 문파를 힘으로 제압하고 조사해 봤자 억울하다고 주장할 거고, 증거가 나와도 조작이라고 우기겠지. 자칫 민심을 얻은 맹주에게 역풍이 불 수도 있는 일이네."

수라마녀가 골치 아프다는 얼굴로 끼어들었다.

"함부로 추적하거나 조사를 할 수도 없다면, 어쩌자는 거죠? 방법이 없잖아요."

천류영이 입을 열었다.

"그들을 잡아낼 수 없으니, 제 발로 오게 만들까 합니다."

몇몇이 어리둥절한 표정을 짓는 가운데, 관태랑이 눈을 빛내며 천류영을 직시했다.

"설마…… 스스로 미끼가 되겠다는 말입니까?"

그의 말에 천마신교 일행과 설강이 눈을 치켜떴다.

천류영이 고개를 끄덕이며 답했다.

"아까 제가 언급했듯이 그들은 충분한 힘과 확실한 기회를 갖기 전에는 움직이지 않을 겁니다. 그리고 제 짐작으로는 충분한 힘은 아니지만 제법 위협적인 힘은 이미 갖춘 것 같습니다. 물론 제 주변이 무방비 상태여야 위협적이겠지만."

"그러니까 맹주 스스로 무방비 상태를 만들겠다는 뜻 아닙니까?"

"예, 맞습니다. 또한 그들이 지금 기회를 놓치면 앞으로는 더욱 그런 기회를 잡기 어렵다고 생각하게 만들 필요가 있습니다. 그럼 초조해진 그들은 결국 움직일 겁니다. 실패하면 돌이킬 수 없다는 것을 잘 알 테니 전력을 다해서."

묵직한 침묵이 흘렀다. 관태랑은 우려스러운 눈빛으로

천류영을 지켜보다가 말했다.

"구체적인 얘기를 아직 듣진 않았지만, 맹주께서 위험해지는 일은 없겠습니까?"

천류영이 허리에 차고 있는 검을 툭툭, 쳤다.

"저, 꽤 많이 강해졌습니다. 아시잖습니까?"

"……."

상당히 어색한 침묵.

독고설은 고개를 떨구며 괴로운 표정을 지었다. 수라마녀가 그런 독고설을 일견하고 물었다.

"꼭 맹주께서 미끼가 되어야 합니까?"

"예. 패왕의 별이라 불리는 제가 죽어야 그들이 원하는 세상의 혼란이 찾아올 테니까요."

천류영은 모두의 얼굴에 근심이 어리는 것을 보며 담담한 미소로 말했다.

"여기 계신 여러분을 믿고 버틸 겁니다. 여러분이 올 때까지, 무슨 일이 있어도 쓰러지지 않을 겁니다."

관태랑이 고개를 저으며 언성을 높였다.

"맹주, 굳이 그렇게까지……."

천류영이 관태랑의 말을 끊었다.

"어둠 속에서 크고 있는 악을 지금 뿌리 뽑지 않으면, 우리는 너무 먼 길을 돌아가야 할 겁니다. 물론 그 길을 선택할 수도 있겠지만, 그 과정에서 너무 많은 희생자가 나올 겁니다."

"……."

"저와 여러분, 그리고 계속 커질 희생을 막기 위해서 천마검 형님은 스스로의 목숨까지 던지셨습니다. 그에 비하면…… 저는 아무것도 아닙니다. 예. 정말 아무것도 아닙니다."

천류영이 고개를 들어 패왕의 별을 보았다.

그런 천류영을 뚫어지게 보던 마령검이 터져 나올 것 같은 한숨을 간신히 삼키며 고개를 떨어트렸다. 그리고 그의 나직한 혼잣말에 바로 옆에 있던 수라마녀가 흠칫 놀랐다.

"대종사…… 저분도…… 패왕의 별이 맞는 것 같습니다."

그 이후로 세세한 얘기가 이각 동안 이어졌다. 그 모든 얘기가 끝나고 헤어져야 할 시간.

관태랑이 천류영을 향해 말했다.

"이번 일이 무사히 잘 끝나면, 함께 북해빙궁에 갔으면 좋겠습니다."

북해빙궁을 등진 산에는 특이한 동굴 하나가 있는데, 일 년 내내 얼음이 녹지 않는 빙굴(氷窟)이었다.

현재 천마검의 시신은 그 빙굴 안에 안치되어 있었다.

기실 그의 시신이 화장되거나 묻히지 않고 얼려진 데에는 까닭이 있었다. 심장이 멎고 죽은 것이 확실한 데도 불구하고 관태랑이 설강에게 부탁했던 것이다.

빙공(氷功)으로 시신을 얼려 달라고.

그 이유는, 주인이 죽으면 함께 죽는다는 금광구가 당시 살아 있던 까닭이었다.

혹시나 하는 간절한 바람.

사실 말도 안 되는 희망이었다. 죽은 이가 살아날 수도 없거니와, 살아 있다면 얼려서는 안 되는 일이니까.

평소 명석하던 관태랑에게서 나올 수 없는 말이지만, 아무도 딴죽을 걸지 않았다.

관태랑이 얼마나 절절한 비통함에 잠겨 있는지 알 수 있는 대목이었기에. 또한 죽은 천마검이라도 가끔 찾아보고 싶다는 마음을 드러낸 것으로 모두 이해했다.

며칠 뒤, 시름시름 앓던 금광구도 결국 죽었는데, 이미 천마검의 시신은 북해로 이동 중이었다. 섬마검 일행은 천마신교로 복귀 중이었고.

천류영이 환한 표정을 지었다. 관태랑의 말이 무슨 뜻인지 알고 있기에.

"그래도 되겠습니까?"

"맹주께서는…… 충분한 자격이 있습니다."

"보고 싶네요. 정말."

그의 말에 관태랑을 비롯한 천마신교 사람들은 모두 씁쓸한 표정을 지었다. 그들 중 아무도 지금까지 북해빙궁에 간 사람이 없었으니까.

이유는 간단했다.

천마검이 죽어 있는 모습을 보고 싶지 않았던 것이다.

패왕의 별, 뒷이야기 (二)

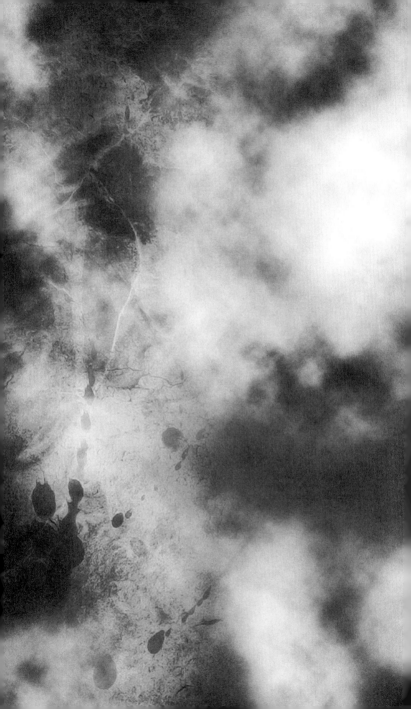

1

새해 벽두부터 천하 곳곳에서 혼례 소식이 파다했다.

황실의 막내 공주부터 시작해서 작은 산골 마을에도 혼기가 찬 처녀총각들이 혼인 날짜를 잡았다.

이번 해[年] 오월 보름날이 백 년 만에 찾아오는 대길일(大吉日)이기 때문이었다.

무림도 이 열풍에서 예외는 아니었다.

패왕의 별인 천류영과 독고세가의 검봉 독고설의 혼례가 그날로 잡혔다. 뿐만 아니라 천하제일검으로 유명한 풍운과 수화 황보연도 마찬가지였다.

그렇게 그들의 혼인 소식이 무림을 들썩이게 하더니,

세상을 깜짝 놀라게 할 만한 유명 인사들의 혼인 발표가 겨우내 뒤를 이었다.

백현각 좌군사인 빙봉 모용린과 하북팽가의 팽우종 가주, 사파의 주요 문파로 떠오른 수란 문주와 그의 호위인 하일.

천마신교의 수라마녀와 마령검.

초지명 부교주와 북해빙궁의 소궁주 설상아.

당문세가의 소가주인 당남우도 사천 악씨세가의 여식과 혼례를 올리겠다고 발표했다.

그중에서도 천하를 가장 놀라게 만든 연인은 천마신교의 폭혈도와 남궁세가의 백화 남궁소소였다.

물론 이들 말고도 대륙 곳곳의 문파들에서 혼례 소식이 쏟아져 나왔다.

상황이 이렇다 보니 많은 사람들이 난감한 고민에 빠졌다.

백 년 만에 찾아오는 대길일인 오월 보름날, 당최 누구의 결혼을 축하하러 길을 나서야 하느냐는 점이었다.

물론 독고세가가 있는 한중 땅으로 하객들이 몰릴 것이라는 건 자명한 일이었다. 다른 누구도 아닌 패왕의 별인 천류영의 혼례니까.

문제는 그 당연한 사실이 같은 날 혼례를 치르는 많은

이들과 해당 가문에 본의 아니게 상처를 줄 수도 있다는
점이었다.

그에 천류영과 독고설은 자신들의 혼례를 가족들하고만
조촐하게 치르겠다고 결정하고 외부 하객을 일체 받지 않
겠다고 선언했다.

*　　　*　　　*

끼이익.

창을 열자 서늘한 공기가 내실 안으로 흘러 들어왔다.

일몰이 만들어낸 붉은 저녁.

목이내는 후원의 담벼락 근처에 쌓여 있는 잔설을 물끄
러미 보면서 입을 열었다.

"모두들 어떻게 생각하나?"

그가 서 있는 뒤, 내실 안쪽으로 스물다섯 명의 흑의인
이 긴 탁자 좌우로 앉아 있었다.

마흔 초반으로 보이는 중년인부터 시작해 머리가 하얗
게 센 노인들. 그들 중 셋은 여인이었다.

탁자 상석에 나란히 놓인 두 개의 의자 중 비어 있는
곳은 목이내의 자리였고, 다른 한 의자에는 배교의 마지
막 주술사인 초로인이 앉아 있었다.

배교의 주술사가 특유의 칙칙하면서도 왠지 모르게 가슴을 답답하게 만드는 분위기라면, 남은 스물네 명은 소름 끼칠 정도로 살벌한 기운을 흘렸다.

제법 규모가 있는 자객단을 운영하는 수장들이었다. 그중에 가장 큰 자객단인 살막의 살막주가 목이내의 질문에 먼저 답했다.

"천재일우(千載一遇)! 다시없을 기회요. 마교의 천랑대와 흑랑대 일부가 유월부터는 무림맹주의 호위단에 참가하겠다는 뜻을 밝혔소. 사파도 동조했고. 그리되면…… 유월 이후로는 무림서생을 죽일 기회를 잡기가 쉽지 않을 것이오."

그를 시작으로 옆으로 돌아가며 한 사람씩 의견을 개진했다.

"동감이에요. 더구나 눈엣가시 같은 천하제일검, 풍운이 수화 황보연과의 혼인으로 인해 자리를 비운다는 것은 아주 큰 호재라고 생각해요."

"풍운뿐만 아니라 당문인들도 호맹단에서 빠진다고 들었소. 다들 동의하시겠지만, 당문 놈들은 상대하기 여간 껄끄러운 게 아니잖소?"

무림맹주인 천류영을 호위하는 호맹단(護盟團)은 풍운을 단주로 당문세가, 독고세가, 남궁세가, 하북팽가, 그리고 청성파와 곤륜파에서 파견된 고수들로 구성되어 있었다.

총 백여 명.

패왕의 별이라 불리는 천류영의 현 입지와 유명세를 감안하면 결코 많은 인원은 아니었다.

그러나 인원이 적다고 해서 아무도 경시하지 못했다.

강호대전쟁을 관통하면서 산전수전을 겪은 고수들만 모여 있었기에.

이런 호맹단에 유월부터는 마교의 천랑대와 흑랑대에서 일백 명이, 사파인 하오문과 녹림문에서도 역시 일백 명이 각각 충원된다는 소문이 돌고 있었다.

이른바 무림맹을 정파만이 아닌 모두의 무림맹으로 만드는 작업의 하나였다.

자객 수장들의 동조가 계속 이어졌다.

"호맹단에서 당문뿐만 아니라 남궁세가와 하북팽가도 사문의 혼례로 인해 일부가 빠진다고 들었소. 그렇다면 호맹단은 그야말로 껍데기만 남을 것이오."

"대신 그 빈자리에 백호단을 투입하는 것이 검토되고 있다지 않습니까. 부맹주인 낭왕 본인도 참가하겠다는 의사를 밝혔고. 상황을 유리하게만 해석하는, 너무 안이한 생각은 위험합니다. 아! 물론 그렇다고 이번 기회를 그냥 흘려보내자는 얘기는 아닙니다. 저 역시 좋은 기회라고 생각하니까요."

"애초에 완벽한 기회란 존재할 수 없소. 내 솔직한 느낌으로는, 만약 낭왕마저 무림서생 호위에서 빠지게 된다면, 난 오히려 그것이 더 의심스러운 거라고 생각하오. 뭐, 하여튼 돌아가는 상황을 더 지켜볼 필요가 있소."

"저 역시 완벽한 기회란 없다는 말에 동감해요. 그리고 이보다 나은 기회가 다시 오기도 어렵다고 생각해요."

그렇게 자객 수장들의 의견이 모두 개진되자 목이내가 자신의 의자로 돌아와 앉았다. 그는 팔짱을 끼고 입을 열었다.

"이 정도면 만장일치에 가깝군."

자객 수장들이 고개를 끄덕이며 목이내를 주시했다. 목이내는 생각을 정리하는 표정으로 잠시 침묵하다가 말을 이었다.

"당분간 세상의 시선이 사방으로 분산될 것이다. 시선뿐만 아니라 실제 무림인들도 흩어질 것이고. 즉, 이건 우리에게 매우 중요한 사실을 알려주는 것이지. 무림서생을 죽인 다음에도 쫓길 걱정을 하지 않아도 된다는 점이다. 추격대 편성은커녕 다시 모이는 데도 한세월 걸릴 테니까."

사실 자객 수장들은 이미 그 점에 대해서 모두 알고 있었지만 굳이 언급하지 않았다. 원래 자객이란 빠져나가는 일도, 청부 대상자를 죽이는 것만큼이나 중요한 직업이니까.

　살막주가 말했다.

　"그럼 그를 죽이는 것만 남았군요. 우리에게 큰돈을 지불한 것을 후회하지 않도록 깔끔하게 처리하지요."

　목이내가 눈을 빛내며 물었다.

　"어떻게 처리할 생각인가?"

　살막주의 입가에 진득한 미소가 걸렸다.

　"우리 방식대로."

　"구체적으로."

　"각각의 조직에서 최고의 살수들을 차출하고, 그들이 협력해……."

　목이내가 눈살을 찌푸리며 말을 끊었다.

　"뭔가 착각하고 있군."

　그의 차가운 말에 자객 수장들의 얼굴이 굳었다. 목이내는 그들을 훑으면서 계속 말했다.

　"상대는 패왕의 별인 천류영이다. 만약 이번 거사에 실수가 있다면 우리는 다시는 그를 죽일 기회를 잡지 못하게 될 거란 뜻이야."

괜히 풀을 건드려 뱀을 놀라게 하는, 타초경사(打草驚蛇)의 우를 범해서는 안 된다는 지적이었다.

자객 수장들의 얼굴에 불쾌감이 드러나는 가운데, 살막주가 대표로 말했다.

"우리를 못 믿소?"

침묵하던 배교 주술사가 입을 열었다.

"이건 믿고, 못 믿고의 문제가 아니다."

"……."

"만에 하나라도 실패하는 일이 생겨 우리의 존재가 드러나면, 그는 무림 전체를 동원해 우리를 쫓을 터! 반드시 성공시켜야 한다."

그의 말마따나 막연하게 천류영을 반대하는 단체가 있다고 주장하는 것과 실제로 그 존재가 세상에 드러나는 것은 천양지차였다.

이번 일을 실패하면 자신들은 평생 쫓겨 다니다가 비참한 최후를 맞게 될 것이다.

반대로 성공하면?

패왕의 별이 죽었다는 사실은 전(全) 무림을 혼돈의 수렁으로 몰아넣게 될 것이다.

그 와중에 정파, 사파, 그리고 천마신교의 주도권 다툼이 일어날 터이고. 그럼 자신들은 그 혼란을 틈타 신분을 세탁하고 새로운 세력을 형성할 수 있을 것이다. 지금 비밀리에 후원하고 있는 몇몇 대방파와 협력하면서 말이다.

목이내가 주술사의 의견에 맞장구쳤다.

"동원할 수 있는 인력을 모두 동원해 그를 죽인다."

살막주가 황당하다는 표정을 지었다.

"모두? 그럼 삼천오백여 명의 자객들을 모두 동원하라는 말이오?"

이곳에 모인 수장들의 자객단 수하가 이천오백 명, 개별적으로 활동하다 포섭된 자객들이 일천여 명.

주술사가 말을 받았다.

"구악과 삼백 구의 철강시도."

살막주는 '미친!'이라는 말을 혀끝까지 냈다가 간신히 삼켰다. 다른 자객 수장들의 표정도 살막주와 크게 다르지 않았다.

그 많은 인원을 동원한다면, 자객의 특성인 은밀함이 사라지게 된다. 즉, 정면충돌해야 한다는 얘기다.

물론, 워낙 전력 차가 크니 그것도 나쁘지는 않겠지만, 목이내가 자신들의 능력을 불신하는 것이 썩 유쾌하지는 않았다.

그들은 목이내와 주술사의 단호한 표정 속에서 사무친 복수심을 어렵지 않게 읽어낼 수 있었다. 동시에 자칫 천류영을 죽이지 못했을 때, 그 후폭풍을 두려워하는 감정도.

"음……."

살막주는 나직한 신음을 흘리며 동료 수장들을 보았다. 그렇게 서로를 보면서 결국 고개를 끄덕였다.

목이내는 고용주였고, 자신들에게 어마어마한 거금을 선불로 주었다. 그 거금을 받고 지금까지 한 일이 아무것도 없으니, 그의 요구를 거절할 수는 없었다.

살막주가 대표로 말했다.

"그렇게 하겠소."

생각해 보니 나쁘지 않겠다는 생각이 들었다. 천류영의 호위대가 아무리 간소하게 꾸려지더라도, 절대고수인 낭왕이 함께한다면 그 한 명의 존재만으로도 엄청난 무력 단체로 발돋움하게 되는 것이다.

즉, 자객들의 피해도 적지 않을 위험이 있었는데, 구악과 삼백 구의 철강시가 협력한다면 최소한의 피해로 일을 마칠 수 있기 때문이었다.

그렇기에 결국 모든 자객 수장들이 마지막에 미소를 머금었다.

그들의 미소를 본 목이내가 턱을 치켜들며 혼잣말을 중얼거렸다.

"천류영, 내 모든 것을 앗아간 네놈을 찢어 죽일 것이다."

자객 수장들조차 놀랄 정도의 짙은 살기가 목이내의 전신에서 흘러나왔다.

*　　　*　　　*

사흘 전, 무림맹 총타에서 빠져나와 태산으로 이동하는 마차들이 있었다.

천하제일검이라 불리는 풍운이 수화 황보연과 함께 황보세가로 이동하는 행렬이었다.

오월 보름날에 황보세가에서 혼례를 치르기 위해서.

여러 대의 마차가 달리는 가운데, 선두 마차에 타고 있는 풍운이 마주 앉아 있는 황보연을 향해 미안한 표정을 짓고 있었다.

"……그렇게 되었어요. 이제야 말해서 미안해요. 워낙 극비로 진행되는 일이라……. 소저를 못 믿어서 말하지 않은 건 아니니 오해는 하지 말았으면 좋겠어요."

풍운의 말에 충격을 받은 황보연은 큰 눈을 껌뻑이며 아무 대꾸도 하지 못했다. 풍운은 여전히 미안한 기색으로 말을 이었다.

"그리고 혼례를 취소하는 게 아니에요. 조금 뒤로 연기하는 거지."

풍운은 방금 오늘 밤에 몰래 무리에서 이탈하겠다는 얘기를 한 것이다. 천류영이 어둠 속에 숨어 있는 세력을 제 발로 찾아오게 만들기 위해 스스로 미끼가 되었는데, 도와주러 가야 한다는 요지였다.

충격에 빠진 황보연이 벌떡 일어나다가 마차 천장에 머리를 찧고는 다시 주저앉았다. 그에 풍운이 마치 자신의 머리가 부딪친 것처럼 아픈 낯빛으로 물었다.

"괜찮아요?"

"그, 그게 문제가 아니잖아요. 잘못되면 맹주님께서 위험할 수도 있는데!"

황보연은 기가 막혔다.

무림에서 유명한 이들의 혼례 발표 중 상당수가 거짓이었다니!

상상도 하지 못했다.

백 년 만에 찾아오는 대길일이기도 했거니와, 혼례 당사자들이 전부터 혼인할 거라는 소문이 돌았으니까.

당장 자신들만 해도 무림맹 총타에서 종종 손을 잡고 산책하는 모습에 숱한 화제를 몰고 다니지 않았던가!

풍운이 황보연의 손을 맞잡으며 안심시켰다.

"걱정 말아요. 늦지 않게 당도할 생각이니까."

자칫 빨리 갔다가 놈들이 습격하기 전에 도착하면, 저들이 기습을 취소할 수 있었다. 그러니까 늦게, 하지만 너무 늦지 않게 당도하는 것이 중요했다.

풍운은 황보연을 안심시키기 위해 말을 덧붙였다.

"그리고 낭왕께서도 천류영 형님 옆에 있고. 그러니 괜찮을 거예요."

황보연은 천천히 숨을 내쉬며 풍운을 직시하다가 물었다.

"적의 규모는 알아요?"

풍운은 입맛을 다시며 침묵했다. 대략 이천 명 내외일 것이라는 추정이 있었지만, 정확한 인원을 알아내는 건 불가능했으니까.

황보연이 다시 불안한 기색을 드리우며 질문을 이었다.

"철강시도 있을 수 있다면서요?"

"많지는 않을 거예요. 주술사가 한 명뿐이라니까. 기껏해야 백여 구 정도 되겠죠."

황보연은 기가 막힌다는 표정을 지으며 손사래를 쳤다.

"어휴, 확실한 건 아무것도 없는 거네요."

"……"

황보연의 얘기를 듣다 보니 풍운의 가슴에도 불안감이

슬그머니 스며들었다.

하지만 어쩌랴.

불안하다고 빨리 천류영을 쫓아갔다가는 모든 것을 그르칠 수도 있는데.

황보연은 도저히 이해할 수 없다는 표정으로 풍운을 직시했다. 그녀는 불안했다.

물론 다른 사람도 아닌, 천류영을 비롯해 똑똑한 사람들이 모여 대책을 세웠겠지만, 신이 아닌 이상 적이 기습할 장소나 날짜, 시간을 틀릴 수도 있는 것이 아닌가.

어떻게 패왕의 별인 그분을 미끼로 쓰는 것에 동의할 수가 있는 것일까? 자칫 그분이 잘못되기라도 하면, 천하는 다시 전쟁의 불길에 삼켜질 수도 있는 위험한 상황이 벌어질 텐데.

그렇게 불안감을 가중시키는 의혹의 꼬리들이 연이어 그녀 마음속에 일어났다. 그런 황보연의 속내를 간파한 풍운이 미소로 말했다.

"고마워요."

뜬금없는 말에 황보연의 눈이 다시 커졌다.

"예?"

"혼례가 취소됐다는 것보다 천류영 형님을 더 걱정해 줘서요."

황보연이 피식 웃고 말았다.

"그분이 돌아가시면 당신도 잃게 될 테니까요. 아마 복수에 미쳐서 평생 세상을 떠돌겠죠."

"……."

"그리고 혼례는 취소된 게 아니라 연기된 거라면서요?"

"아! 그렇지."

그녀는 자신의 손을 잡고 있는 풍운의 손을 물끄러미 보다가 말했다.

"조심하세요."

"설마 천하제일검이라 불리는 날 걱정해 주는 거예요?"

"그래도요."

풍운은 황보연의 손을 가볍게 토닥이고는 당부했다.

"내일 내가 사라진 것을 알면 사람들이 난리가 날 텐데, 입단속 부탁할게요."

사실 큰 문제는 생기지 않을 것이다. 말이 퍼져 나가는 것보다 자신이 더 빠르게 달려갈 테니까. 그래도 혹시 모르는 일이었다.

"걱정 마세요. 갑갑해서 먼저 본가에 가서 기다리겠다고 했다고 둘러대면 되니까요."

"좋은 생각이네요."

"조심하세요. 그리고 그분을 꼭 지켜주세요."

그날 밤, 풍운은 숙박하던 객잔에서 아무도 모르게 사라졌다.

비슷한 시각, 하지만 다른 공간.

독고설도 야영하던 막사에서 밖으로 걸어 나왔다. 신부라서 준비할 것이 많다며, 천류영보다 먼저 군산도에서 출발한 그녀는 심호흡을 하며 자신을 기다리고 있는 사내를 향해 말했다.

"가죠."

야차검 조전후가 씩 웃으며 고개를 끄덕였다. 그 뒤에 오십여 검풍대원들이 상기된 표정으로 도열해 있었다.

다시 싸움이었다.

그들 모두는 자신들이 도착할 때까지 천류영이 무사하길 기원하며 입술을 깨물었다.

길게 이어진 마차와 수레들.

진산표국의 행렬이었다.

짐으로 가득한 수레에 걸터앉아서 일출을 보던 쟁자수가 손에 쥐고 있던 조금 남은 주먹밥을 마저 입에 넣었다.

선두에 있던 표두가 그 짐꾼을 향해 오더니 정중하게 말했다.

"이제 가실 겁니까?"

쟁자수가 고개를 끄덕이며 수레 위의 짐 속으로 손을 쑤셔 넣었다. 빠져나오는 손에는 검이 잡혀 있었다.

"덕분에 잘 지냈습니다."

수레에서 일어나며 정중하게 말하는 그의 한쪽 다리는 의족이었다.

그렇다. 그는 섬마검 관태랑이었다.

주변에 있던 표사와 쟁자수들도 각자 병장기를 챙기며 씩 미소 지었다.

천랑대 오십, 흑랑대 오십.

그야말로 최정예로만 엄선된 이들이었다. 마음 같아서는 더 많은 인원을 대동하고 싶지만, 과한 인원은 눈에 띄기 마련이었다.

표두는 관태랑을 향해 이해가 가지 않는다는 표정으로 물었다.

"왜 굳이 힘들게……."

표두는 말하는 것조차 송구하다는 표정으로 말을 끝맺지 못했다. 관태랑은 지난 보름간 진짜 쟁자수와 똑같이 취급해 달라고 요구했고, 그에 관태랑은 상당한 노동을 하며 지냈던 것이다.

근처에 다가온 수라마녀가 얼굴을 친친 감싼 천을 풀며 대신 답했다.

"무림서생이 칠 년간 쟁자수를 했다면서요? 그래서 우리 섬마검께서 그를 더 이해하고 싶어서 잠깐이라도 경험해 보고 싶었나 보네요."

중년의 표두는 쓴웃음을 짓고 고개를 저었다.

"저도 그 전설 같은 얘기는 들어서 알고 있습니다. 그분과 함께 일했던 동료가 아직 남아 있거든요."

늘 수라마녀 옆에 있는 마령검이 관태랑에게 물었다.

"경험해 보시니 어떻습니까?"

"몇 번은 힘들어서 내공을 썼다."

관태랑의 솔직한 말에 주변에 있는 이들이 폭소를 터트렸다.

그러나 정작 관태랑은 진지한 표정으로 말을 이었다.

"그는 훨씬 어린 나이에 이 일을 하면서 서류 작업도 하고…… 밤에 몰래 책도 읽었다던데."

표두가 고개를 주억거리며 대꾸했다.

"예. 그랬다고 들었습니다. 당시 국주가 아주 못된 놈이었는데, 그렇게 개돼지처럼 부려먹으면서도 보상은커녕 심심하면 두들겨 팼다더군요."

파륵이 눈을 휘둥그레 뜨고 말했다.

"예에? 그럼 다른 곳에 가서 일하지, 왜 그렇게 명민한 사람이……."

표두가 소리 없는 쓴웃음을 깨물었다.

"목구멍이 포도청이니까요. 그리고 그분이 다른 곳에 일자리를 알아보면 당시 국주가 훼방을 놓았고요."

"……."

"동생 약값을 벌어야 하니 일을 안 할 수도 없는 처지였답니다."

관태랑은 붉게 떠오른 태양을 말없이 보며 묵묵히 고개를 끄덕였다. 그는 뜻 모를 한숨을 몇 차례 내쉬다가 말했다.

"가자, 그를 도우러."

2

태양이 천공의 가운데에서 서쪽으로 조금씩 넘어가는 오후.

천류영은 오백여 장 앞에 자리한 산을 보며 발을 멈췄다. 그러자 옆에서 나란히 걷던 낭왕 방야철과 뒤따르는 일백여 무인들도 따라 멈춰 섰다.

앞을 막아선 산은 왼쪽으로 이어지며 거대한 산맥으로 확장됐다.

즉, 산등성이를 타고 좌측으로 이동하면 수많은 산들이

계속 이어지므로, 목이내가 자칫 일을 실패하더라도 도주하기에 더할 나위 없이 좋은 지형이었다. 숲을 따라 은밀히 이동하기에도 좋고.

그리고 근방 삼백여 리 내로 마을이 없는 곳이었다.

방야철은 눈앞에 있는 숲 앞에서 대군과 싸우게 되면 살아날 가능성이 희박하겠다는 생각을 했다. 교전 중 당연히 포위될 것이고, 어렵게 포위망을 벗어나더라도 결국 쫓기다가 덜미를 잡힐 테니까.

방야철은 슬쩍 뒤를 돌아보았다.

청성파와 곤륜의 도사 삼십여 명과 백호단 칠십 명이 비장한 표정으로 서 있었다. 그들 모두 이번 임무가 얼마나 중요하고 어려운 것인지 잘 알고 있었다.

이천여 명이라 추정되는 자객들과 구악 하나, 그리고 약간의 철강시들을 상대로 반나절 가까이 버텨야 했다.

이들 중 상당수의 희생은 불가피할 것이다.

그러나 일백여 무인들 중 어느 누구도 죽음을 두려워하는 기색은 보이지 않았다. 그들이 진심으로 두려워하는 것이 있다면, 천류영을 지키지 못하는 것이리라.

천류영도 고개를 돌려 그들의 굳은 표정을 보았다.

그러자 청성, 곤륜, 백호단이 아닌 개인으로 자원한 비검 장득무가 입을 열었다.

"미안해하지 않아도 됩니다. 우리 모두 죽을 각오를 하고 온 거니까."

비검 장득무는 많이 변해 있었다.

농담을 즐기며 늘상 웃던 그가 아니었다.

천류영이 말했다.

"살아. 살 수 있을 거야."

"예. 걱정하지 마십시오."

"매검도 네가 살길 바랄 거야."

장득무의 얼굴이 딱딱하게 굳었다. 그는 입술을 깨물며 천류영을 보다가 이내 고개를 돌렸다.

천류영은 자신을 보고 있는 일백여 무인들을 향해 말을 이었다.

"여러분도 사셔야 합니다. 힘을 내주십시오."

모두가 최선을 다하겠다는 각오로 눈을 빛냈다. 그 무서울 만큼 빛나는 눈동자들을 보면서 천류영이 말했다.

"반나절을 버텨야 한다는 것은 거짓말입니다."

"……!"

"길어야 한 시진. 물론 그것도 짧은 시간은 아니지만, 아마 그 정도만 버티면 동료들이 우릴 도우러 올 겁니다."

일백 무사들이 술렁이는 가운데, 방야철이 당황한 표정으로 말했다.

"약속한 시간이……."

천류영이 빙그레 웃고 말을 끊었다.

"낭왕이 지원군이라면 어떻게 하시겠습니까?"

"……."

"제가 어떻게든 버티겠다고 했습니다. 그 말이 자꾸 떠올라 초조하고 가슴이 터질 것 같을 겁니다. 그러다가 '나 하나쯤이야 빨리 당도해도 되겠지' 라고 생각할 겁니다."

"아!"

낭왕은 나직한 탄성을 뱉었다.

천류영의 말마따나 그럴 것 같았다.

물론 약속한 시간보다 먼저 당도해 자칫 모든 일을 망칠 수 있는 위험은 피할 것이다. 그래도 그 시간보다 약간만 늦게 도착하는 정도는, 자신 하나라면 괜찮겠지, 라는 생각을 하게 될 공산이 높았다.

천류영이 죽을 수도 있다는 초조함이 그렇게 만들기 충분했다.

천류영은 자신을 보며 혀를 내두르는 이들을 미소로 천천히 훑다가 털썩 주저앉았다.

장득무가 눈을 동그랗게 치켜떴다.

"어? 안 갑니까?"

천류영은 귀밑머리를 긁적거리며 대꾸했다.

"생각해 보니 한 시진 버티는 것도 쉬운 일이 아닐 것 같아서. 일이 각 정도로 줄여보려고."

"예?"

장득무뿐만 아니라 모두가 어리둥절한 기색으로 서로를 쳐다봤다.

천류영은 요대에 차고 있던 수통을 꺼내 물을 마시면서 말했다.

"일단 여러분도 앉으세요."

"……."

"명령입니다."

방야철이 고개를 절레절레 저으며 옆에 앉았다. 그러자 다른 이들도 따라 앉았다.

천류영은 그들을 보며 싱긋 웃고는 저 멀리 떨어져 있는 숲을 향해 고개를 돌렸다.

"저곳에 놈들이 숨어 있다면…… 예, 분명히 매복해 있을 겁니다. 머저리가 아닌 이상 이런 기회를 놓칠 리가 없지요. 또한 목이내가 천재일우의 기회를 포기하는 소심한 모습을 보이면, 그를 따르는 세력들도 목이내를 비웃게 될 겁니다. 그걸 모를 리 없는 목이내는 반드시 저곳에 있을 겁니다."

"……."

"그럼 저들은 지금 우리를 보고 무슨 생각을 하고 있을까요?"

장득무가 고개를 갸웃거리다가 답했다.

"음, 아마…… '무림서생, 저놈이 왜 빨리 안 오고 저기에 주저앉은 거지? 잠깐 휴식을 취하나?' 라고 생각할 것 같은데요?"

모두가 고개를 끄덕였다. 천류영의 질문이 이어졌다.

"한참 이렇게 쉬고 있으면?"

그러면서 그는 아예 메고 있던 봇짐을 어깨에서 내려 풀고는 육포를 꺼내 먹었다. 그 태연함에 낭왕조차 질린 표정을 지었다.

천류영이 말했다.

"여러분도 드세요. 배가 든든해야 잘 싸울 수 있지요."

잠시 동안 서로 눈치를 살피다가 결국은 '에라, 모르겠다' 라는 표정으로 각자의 짐 속에 있는 음식을 꺼내먹었다.

청우 율사가 피식 웃고 말했다.

"저들은 우리가 식사를 하려고 앉았구나, 생각하겠군요."

방야철이 말을 받았다.

"아마 고민도 들 것 같은데……. 먹는 중에 기습하자니 거리가 너무 멀고, 그렇다고 숨어 구경만 하는 것도 배알이 꼴리고."

그의 말에 일백여 무사들이 소리 죽여 키득댔다. 그러다가 그런 자신들의 모습에 움찔 놀랐다. 솔직히 방금 전까지 심장이 터질 듯 긴장해 있었는데, 이런 여유를 찾다니!

부맹주로 승격한 낭왕을 대신해 백호단주가 된 원풍이 육포를 씹다가 불현듯 스친 생각에 몸을 한차례 부르르 떨었다. 그는 낮게 신음을 흘리다가 천류영을 향해 물었다.

"맹주님, 우리를 지원하러 오는 이들이 모두 서두른다면…… 저들도 눈치를 채지 않겠습니까? 분명 근방 곳곳에 척후를 세워뒀을 것 같은데, 그 척후들을 통해 사방에서 우리 지원군이 몰려들고 있다는 사실을 알게 되면……."

장득무가 충격 받은 얼굴로 눈을 치켜떴다.

"어? 그, 그러면 저들이 산을 타고 도망칠 수도 있다는 말이잖아요. 함정에 빠진 걸 간파하고!"

모두의 시선이 천류영에게 모아졌다. 천류영은 고개를 끄덕이면서 대꾸했다.

"원풍 대주님, 대주님께서 지금 숲에 숨어 있는 목이내 군사라면 어떻게 하시겠습니까?"

"예? 그야 함정에 빠진 것을 알았으니 장 소협 말마따나 서둘러서 도망가려고…… 아!"

원풍은 말하다가 탄성을 뱉었다. 그러더니 침을 꿀꺽 삼키고 천류영을 직시하며 말을 이었다.

"도망가지 않겠군요."

방야철도 이마에 손을 짚은 채 실소를 흘리며 말했다.

"맹주께서는 그의 철천지원수. 또한 우리는 고작 백여 명. 목이내는…… 지원 세력이 당도하기 전에 우리를 빨리 처리하고 도주할 생각을 하겠군요."

방야철은 그제야 호위단 숫자를 백 명 이내로 해야 한다고 고집을 부린 천류영의 의도를 간파했다. 만약 이삼백 명의 정예였다면, 저들은 기습을 고민하다가 포기하고 도주를 선택했을 수도 있으리라.

천류영이 소리 없이 웃으며 고개를 끄덕였다.

"맞습니다. 그게 사람의 심리이지요. 압도적인 전력을 가진 그 앞에 원수인 제가 고작 백 명의 호위와 함께 휴식을 취하고 있습니다. 목이내는 함정에 빠진 것을 알아도 저를 금방 죽일 수 있다는 생각에 모습을 드러내게 될 겁니다."

"······."

"함정에 빠졌다는 것 자체가 이미 우리들이 그들의 존재를 간파했다는 것이니까요. 그러니 목이내는 더 다급해질 수밖에 없습니다. 고작 백 명과 함께 있는 저를 눈앞에 둔 채 도주한다면, 다시는 이런 기회를 잡지 못할 것이라는 초조함에 먹혀 버릴 수밖에 없지요."

"그렇겠군요."

"사람은…… 보이지 않는 멀고 긴 계획보다 당장 눈앞에 보이는, 확실히 가능하다고 생각되는 결과물에 집착하는 존재이니까요."

얼마 후, 청우 율사가 손을 들어 허공을 가리켰다.

한 구의 비둘기가 창공을 날았다. 천류영과 일백 무사들은 그 비둘기가 숲으로 들어가는 광경을 지켜보았다.

평범해 보이는 이 광경이 그들에게는 다르게 보였다.

전서구가 분명하리라.

그 비둘기를 시작으로 약간의 시차를 두고 몇 구의 비둘기가 창공을 가로질러 산으로 들어갔다.

천류영이 풀어놓은 봇짐을 다시 메며 말했다.

"이제 가죠."

다른 이들도 천류영을 따라 일어났다. 천류영은 선두에서 발을 내디디며 말했다.

"먹잇감인 제가 점점 더 가까이 다가올수록 그가 결정을 내리는 데 도움을 주게 될 겁니다. 이번 기회는 놓쳐서는 안 된다고. 머릿속에서는 갈등이 일겠지만, 이미 그의 눈은 욕망으로 번지르르 하겠지요."

뒤따르는 이들이 입술을 꾹 깨물고 실소를 참았다. 대규모의 매복한 적 앞으로 걸어가는데도 긴장보다 이런 상황이 우습다는 생각이 더 들었다.

천류영은 걸어가면서 계속 말했다.

"저들이 모습을 드러내고 달려오면……."

비검이 말을 끊으며 결연하게 외쳤다.

"목숨을 걸고 맹주님을 지킬 것입니다. 일이 각 정도만 버티는 거라면……."

그의 말을 천류영이 끊어 받았다.

"아니. 잠시 지켜보다가 적당한 거리로 좁혀지면 뒤돌아 도망친다."

"……."

"제가 여러분을 뽑은 기준에는 희생을 마다하지 않겠다는 의지도 있지만, 경공 역시 가장 중요하게 고려했습니다."

"……."

"일단 숲에서 나오는 순간, 그들은 되돌아 후퇴할 수

있다는 선택보다 빨리 해치우자는 생각으로 머릿속이 가득 차게 됩니다. 그렇기에 시간에 쫓기면서도 손에 잡힐 듯한 우리들을 눈앞에 두고 쉽게 후퇴하지 못할 겁니다."

청우 율사가 한숨을 깊게 내쉬고 물었다.

"그러다가 저들이 포기하고 후퇴하면 어쩌실 겁니까?"

천류영이 빙그레 웃고 답했다.

"그럼 우리가 뒤돌아 들이쳐야지요."

"……."

"그래서 제대로 싸움이 붙을 것 같으면 다시 후퇴합니다."

청성파 도사 중 한 명이 불쑥 말했다.

"내가 목이내라면 화병 도져 죽겠네."

그 말에 웃음이 퍼져 나갔다.

천류영도 따라 웃고는 정색했다.

"이번 일을 도모한 이유는 숨어 있는 놈들을 끄집어내는 것뿐만이 아니었습니다. 아니, 더 중요한 목표가 있었습니다."

"……."

"정파, 사파, 그리고 마교. 그렇게 모두가 다시 어울려 악과 싸우는 겁니다. 지금…… 일부에서 제가 진행하는 개혁에 대해 우려하는 목소리가 나오고 있다는 것을 잘 알고 있습니다."

뒤따르는 이들이 옆의 동료를 마주 보며 미소를 머금었다. 천류영의 말마따나 일부 대방파를 중심으로 우려가 표출되면서 개혁에 피로감을 느끼는 불평 세력들이 결집하려는 모습을 보여주고 있었기 때문이다. 천류영의 말이 이어졌다.

"이번 일은 하나의 무림을 향해 큰 도약을 할 수 있는 기회입니다. 그러니까 최선을 다해 힘을 내주십시오. 그리고 곧 당도할 정파와 사파, 그리고 마교의 동료들과 함께 신나게 어울려 봅시다."

사람들의 목젖이 꿀렁거렸다.

전장이 아니라 축제의 장에 들어가는 듯한 기분마저 들었다.

그리고 그때, 산에서 함성이 일며 매복해 있던 이들이 쏟아져 나왔다.

"우와아아아아아!"

"천류영을 죽여라! 저놈을 찢어 죽여!"

"크르르르."

너무 많아 얼마인지 짐작도 안 되는 자객들과, 적지 않은 철강시들이 쇄도하는 모습은 섬뜩하기 그지없었다.

천류영이 검을 빼 들었다.

창!

그를 시작으로 모두가 일제히 발검했다.

차아아아아앙!

일백여 도검이 내리쬐는 햇빛에 반짝였다.

천류영은 점점 다가오는 적을 뚫어지게 보다가 검을 번쩍 치켜들었다.

"뛴다!"

그의 명과 함께 일백 무사가 일제히 뒤돌아 뛰었다. 그 광경에 서슬 퍼렇게 달려오던 목이내가 욕설을 뱉었다.

"이, 이 미친놈이!"

함정에 빠진 것을 알게 됐다. 그래서 천류영이 의도하는 바를 짐작할 수 있었다. 버티고 버텨 지원군이 당도할 때까지 싸울 것이라는 것을.

그런데 도망이라니!

목이내 옆의 주술사가 곤혹스러운 표정으로 물었다.

"어떻게?"

삼천오백이 질주하고 있다. 놈들과의 거리도 얼마 되지 않았다.

그런데 여기서 후퇴령을 내린다고?

목이내가 목에 핏대를 세우고 외쳤다.

"잡아! 어서 잡아 죽이라고!"

구악이 가장 선두에서 바람처럼 날듯이 달렸다. 그리고 그 마물이 검을 힘껏 휘둘렀다.

쇄애애액.

그 순간, 가장 후위에 있던 방야철이 휙 돌면서 박도를 올려쳤다.

쩌엉!

그 한 방에 구악이 뒤로 나동그라졌다. 그러고 나서 다시 일어나는 사이, 방야철은 도망쳤다. 휘청거리는 모습을 일부러 보여주면서.

돌아서 달리는 방야철의 입가에 흐릿한 미소가 스쳤다. 강시왕이 없는 구악은 결코 자신의 적수가 아니란 것을 이번 일 합으로 확실히 깨달았기에.

그래서 찰나 구악을 몰아붙이며 적진 속으로 뛰어들어도 괜찮겠지, 라는 생각이 들었다. 하지만 그것보다 천류영을 지키는 것이 우선이며, 나중에 합류할 이들과 함께 어울려 싸우는 것이 더 중요하다는 판단을 했다.

목이내가 외쳤다.

"잡아, 잡으라고!"

구악이 다시 낭왕의 박도에 고꾸라지는 모습이 그의 눈에 들어왔다. 목이내가 버럭 성을 냈다.

"자객들은 뭐 하는 거야? 돈값을 하라고, 돈값을!"

초로의 배교 주술사가 좀처럼 좁혀지지 않는 거리를 보고 우려를 드러냈다.

"놈들의 경공 실력이 예사롭지 않소!"

목이내가 발끈했다.

"저들은 며칠간 계속 걸었다. 공력은 몰라도 체력이 충분할 리 없으니, 곧 따라잡을 수 있을 거다."

주술사가 이맛살을 찌푸렸다.

"우리에게 주어진 시간은 그리 많지 않소."

"그래서? 여기에서 포기하고 돌아가자고?"

반박하던 주술사도 그 질문에는 선뜻 대답하지 못했다. 목이내가 다그쳤다.

"잡아야 해. 저놈, 무림서생을 이번에 죽이지 않으면 우리가 죽게 될 거야. 자네도 알잖아, 저놈이 얼마나 지독하고 무서운 놈인지."

"……."

"우리 존재를 알고 함정까지 판 놈이야. 그리고 우리를 직접 봤어. 수단과 방법을 가리지 않고 우리 목을 죄여올 놈이라고!"

주술사가 고개를 주억거렸다.

"일각. 그 안에 따라잡지 못하면 위험하오."

목이내가 선두에 있는 살막주를 향해 노성을 질렀다.

"살막주! 천류영을 죽이란 말이다!"

삼천오백여 자객들 중 살막주는 가장 뛰어난 경공술을 지니고 있었다. 그가 마음만 먹으면 저들 뒤꽁무니를 잡는 것은 어렵지 않을 터.

그러나 그는 함부로 움직이지 않았다.

그건 평생 자객으로 살아왔기 때문이다. 결정적인 순간에 상대를 죽이는 자객으로.

그리고 그런 그에게 가장 후위에서 구악을 쳐내며 달리는 낭왕은 넘을 수 없는 벽이었다.

뒤돌아 달리는 데도 불구하고, 심지어 구악과 칼을 부딪치는 순간에도 허점이 드러나지 않았다. 저런 고수를 상대로 어설픈 시도를 했다가는 곧바로 황천길이란 것을 그는 누구보다 잘 알고 있었다.

목이내가 연신 고함을 질러 댔다.

"이놈들아, 어서 천류영을 죽이라고!"

그렇게 일각의 시간이 흘러갔다. 배교 주술사가 목이내의 소매를 잡으며 외쳤다.

"더 이상은 무리요! 산으로 돌아가 이동해 흩어져야 하오!"

목이내의 이마에 돋아난 힘줄이 경련을 일으켰다. 그는 서슬 퍼런 눈으로, 지치지도 않고 도망가는 천류영 일행을 보다가 탄식했다.

"여기까지인가?"

너무 쉽게 생각했나? 앞으로 저놈의 추격을 피해 다녀야 할 생각을 하니 눈앞이 깜깜했다. 물론 숨는 건 일가견이 있는 배교와 자객들이니 쉽게 잡힐 일은 없을 것이다.

그러나 그렇게 도망 다녀야 한다는 것은, 어쩔 수 없이 조직의 위축을 가져올 수밖에 없었다. 복수를 위해 호시탐탐 기회를 노려도 성공하기 어려울 텐데, 그렇게 도망 다녀서야 어느 세월에 복수를 할 수 있을까.

그는 한풀 기세 꺾인 목소리로 말했다.

"돌아간다."

그의 명을 주술사와 주변에 있던 자객들이 받아 외쳤다.

"돌아간다! 산으로 돌아간다!"

그렇게 그들이 돌아섰다. 하지만 그들이 채 몇 십 보 이동하기도 전에 천류영이 돌아섰다.

"공격하라!"

산을 향해 이동하던 목이내가 치를 떨었다. 이번엔 그뿐만 아니라 주술사와 자객 모두가 마찬가지로 욕설을 뱉었다. 마치 농락당하는 것 같은 기분.

파아아아앗!

소름 끼치게 빠른 경공으로 방야철이 적 후미를 들이쳤다. 그에 구악이 검을 내질렀다.

쩌엉!

구악이 뒤로 형편없이 튕겨나갔다. 지금까지 별 차이를 보이지 않던 것과 다르게 압도적인 격차.

놀라 쳐다보는 지척의 자객들을 보며 그가 외쳤다.

"내가 낭왕 방야철이다!"

그의 박도에서 시퍼런 강기들이 줄기줄기 뻗어 나갔다.

3

으드드득.

이를 갈던 목이내는 사람이 화가 나서 죽을 수도 있겠다는 생각을 처음으로 했다.

기껏 싸우자고 달려들 때는 도망가더니, 놔주겠다고 하니 뒤꽁무니에 달라붙었다. 그래서 다시 공격령을 내리니 몇 합 부딪치다가 일제히 후퇴했다.

자객 수하가 무려 삼천오백이다. 거기에 철강시가 삼백여 구. 그렇게 사람과 마물이 오락가락하다가 전열이 엉망으로 꼬였다.

주술사가 목이내를 향해 고함을 질렀다.

"시간을 끌려는 수작이오! 돌아가야 하오!"

"나도 알아!"

안다. 알고말고.

문제는 저들이 이젠 지친 기색을 보이며 도망치는 속도가 현저하게 줄어들었다는 점이다.

머리로는 무림서생이 의도한 속임수라는 생각을 하면서도 '어쩌면?'이라는 미련이 남았다.

이젠 지칠 때도 되지 않았을까?

여기까지 와서 그냥 돌아가야 하는 상황에 속이 터졌다.

그렇게 그가 잠깐 주저하는 사이, 자객들이 달려 나갔다.

애초에 그들은 천류영을 죽이는 것이 목적.

딱히 후퇴령이 하달되지 않았으니, 눈앞에서 도망치는 놈들을 쫓는 것은 당연한 일이었다.

그때였다.

서쪽 지평선에서 흙먼지가 인 것은.

그 광경을 본 목이내는 심장이 덜컥 내려앉는 듯했다.

"버, 벌써?"

척후로부터 전서구를 받은 것 중에서 가장 근접한 세력이 당도할 것이라고 예상한 시간은 반 시진이었다. 그런데 이리 빨리 도착했다는 것은 그만큼 어마어마한 실력의 고수라는 뜻이었다.

그리고 그의 예상은 옳았다.

그들은 천마신교의 최강 무력 단체인 천랑대와 흑랑대, 그중에서도 엄선된 고수들이었으니까.

물론 아직 거리가 떨어져 있어서 그 정체까지 목이내가 파악하는 건 무리였다.

주술사 역시 상황의 엄중함을 느끼며 경악해 외쳤다.

"당장! 당장 돌아가야 하오!"

천류영을 쫓던 자객들도 멈춰 서서 긴장한 표정을 드러냈다. 목이내가 내공을 이용해 안력을 높이더니, 크게 소리 질렀다.

"괘, 괜찮다. 고작 백여 명 정도다!"

그와 꽤 떨어져 있는 살막주가 반박했다.

"그게 문제가 아니잖소! 저들까지 합류해 싸우는 도중에 다른 놈들이 나타날 경우를 고려해야지!"

목이내가 발끈했다.

"머저리 같은 놈! 돈을 받았으면 일을 하라고! 무림서생 한 놈을 죽이는 게 뭐 그리 어렵단 말이냐!"

"젠장, 놈이 도망치는데 어떻게 하라는 말이오? 애초에 이런 전면전은 우리와 맞지도 않고!"

"이제 와 그 무슨 변명인가!"

주술사는 둘의 뜬금없는 말다툼을 보면서 어처구니없다는 표정으로 고개를 절레절레 저었다. 지금 말다툼이나 할 때인가.

목이내는 그래도 명색이 한때 무림맹 백현각의 좌군사였다.

그렇기에 뛰어난 사리분별과 용병술을 갖췄다 믿고 있었다. 하지만 그런 믿음이 이 순간 와르르 무너졌다.

그는 더 이상 목이내를 지휘관이나 동료로 인정할 수가 없었다. 그렇기에 그가 명을 내렸다.

"전원 후퇴한다. 최대한 서둘러 숲으로 들어간 후, 좌측 산맥으로 이동해 산개하라!"

그렇게 명을 내리고 돌아서는 주술사는 자신도 모르게 탄식이 흘러나왔다.

자신들이 이렇게나 많이 달려왔던가?

처음 매복해 있던 숲이 그렇게 멀리 보일 수가 없었다.

"후퇴다! 서둘러라! 어서!"

자객 수장들이 주술사의 지시를 일제히 따라 외치며 움직였다. 그 와중에 또 전열이 뒤엉켰다.

목이내는 자신의 위신이 추락하는 것을 느끼면서도 주술사의 명을 반박할 수가 없었다. 여기에서조차 딴죽을 걸면 그야말로 한심한 수장이라는 것을 알기에.

그렇기에 그도 얼굴을 붉히며 뒤돌아 뛰었다.

그때, 천랑대와 흑랑대가 나타난 반대 방향에서 한 인영이 모습을 드러냈다.

풍운이었다.

그는 천랑, 흑랑대보다 늦게 등장했지만, 훨씬 더 빠른 속도로 전장을 향해 쇄도했다.

천류영의 호위들은 숨을 고르며 후퇴하는 적들을 향해 천천히 걸었다.

웃을 때가 아닌데 자꾸만 피식피식 실소가 흘러나오는 그들이었다. 반나절에 가까운, 처절한 혈투를 예상했다. 죽음을 각오하고 유서까지 썼다. 그런데 지금껏 열심히 뛴 것이 다였다는 생각이 그들을 웃음 짓게 만들었다.

자연스럽게 그들 모두의 시선이 천류영에게 모였다.

여전히 전장을 쥐락펴락하는 군신.

방야철이 말했다.

"앞으로 전투가 없어져서 어떻게 합니까? 아쉽습니다."

천류영이 의아한 표정으로 눈을 동그랗게 떴다.

"예? 그 무슨?"

"이렇게 빛나는 군신(軍神)의 재능을 볼 기회가 없을

것 같아서 말입니다. 하하하."

그뿐만 아니라 뒤따르는 일백 무사들도 따라 웃었다.

그들의 웃음소리에 후퇴하는 자객들의 얼굴이 시뻘겋게 달아올랐다. 참기 어려울 정도의 치욕감.

천류영은 머쓱한 표정으로 방야철에게 말했다.

"사자후 한 번 질러주시지요."

후퇴하는 자객들을 뒤쫓으려던 방야철이 고개를 갸웃거렸다. 뜬금없이 사자후라니?

그러나 다른 사람도 아닌 천류영의 부탁이었다.

"으허허허헝!"

심후한 공력을 바탕으로 한 거대한 사자후가 허공을 뒤흔들었다. 도망치던 자객들 중 내공이 약한 몇 명이 화들짝 놀랐다가 앞으로 고꾸라질 정도였다.

그리고 이어지는 광경에 천류영의 호위단은 입을 쩍 벌렸다.

적이 매복해 있던 숲의 좌측에서 불길이 치솟은 것이다. 즉, 그들이 산과 산으로 이어지는 산등성이를 타고 이동하려던 도주로에 화재가 났다는 뜻.

천류영이 담담하게 말했다.

"여기를 먼저 지나간 검봉이 송진을 나무마다 이어지게 묻혀두었습니다. 기름은 아무래도 냄새가 나니까요. 송진이 자연스럽기도 하고."

"……."

"산 뒤쪽에서도 연기가 올라오는 것이 보이죠? 화마는 저들이 매복했던 숲을 모조리 태우게 될 겁니다. 그러니까…… 저들은 퇴로가 막힌 셈이 되었군요. 쯧쯧, 꼼짝없이 우리와 싸워야 할 팔자입니다."

모두가 기가 막힌다는 표정으로 천류영을 보았다.

청우 율사가 물었다.

"불은…… 누가 지른 겁니까?"

"광혈창 녹림문주가 저에게 부탁했습니다. 산은 누구보다 잘 아니까 숨어 있을 자신이 있다고."

그때, 불길이 일어난 좌측의 끝에서 함성이 터져 나왔다.

"우와아아아아!"

녹림문에서 차출된 오십의 고수.

자객들은 도주를 멈추고 아연한 표정을 지었다.

갑자기 숲 왼쪽에서 등장하는 사내들, 그리고 그쪽에서 치솟는 불길.

도주할 곳이 사라진 것을 그들도 깨달은 것이다.

그 와중에 동쪽과 서쪽에서 또 한 번 흙먼지를 일으키며 달려오는 이들이 등장했다.

동쪽은 당문, 서쪽은 남궁세가였다. 그 남궁세가의 무인들 속에는 혼례를 치르러 가는 것으로 속이고 이동했던 폭혈도도 있었다.

그리고 천류영 일행의 뒤에서도 아스라이 함성이 들렸다. 현무단과 청룡단의 출현이었다.

천류영은 뒤를 흘낏 돌아보았다가 다시 앞을 주시하며 말했다.

"계속해서 아군이 도착할 겁니다. 그때까지 잘 버텨보죠. 저들도 이젠 죽기 살기로 나올 테니."

그의 말마따나 자객들이 돌아서서 흉흉한 살기를 뿜어댔다. 퇴로가 사라진 이상, 어떻게든 천류영을 죽이고 빠져나가야겠다는 생각을 굳힌 것이다.

목이내가 절규처럼 들리는 고함을 질렀다.

"죽여! 천류영, 저놈을 죽이지 않으면 안 돼! 아무것도 할 수 없다고! 죽여, 죽여어어어!"

마치 실성한 것처럼 보일 지경이었다.

가장 먼저 등장한 천랑대와 흑랑대는 이제 상당히 근접해 있었다.

그 선두에 있던 관태랑과 초지명은 눈앞에서 펼쳐지고 있는 광경을 보며 나직한 한숨을 흘리다가 결국 웃고 말았다.

이 전장에서 대체 어떤 일이 벌어졌는지, 그리고 무슨 일이 진행 중인지 간파한 것이다.

그리고 천류영의 진짜 의도도.

그의 능력이라면 숨어 있는 적을 불러내서 척살하는 것은 일도 아니었을 것이다. 충분히 휘하 수하들만으로도 가능했을 터.

그러나 천류영은 더 큰 그림을 그려놓고 자신들을 초대한 것이다.

전투라는 가면을 쓴 이 축제의 장에.

함께 만들어 나갈 새로운 무림을 위해서 말이다.

어쨌거나 이번 사건은…… 위험에 빠진 패왕의 별을 구하는 데 천마신교와 사파가 큰 도움을 아끼지 않았다고 알려질 테니까.

관태랑은 시선을 돌려 천류영을 보았다. 이미 그의 뛰어남을 인정하고 있지만, 그래서 더 경탄스러웠다.

"진짜 저자는……."

초지명도 고개를 절레절레 저으며 맞장구쳤다.

"예. 인정하지 않을 수 없는…… 군신입니다."

마령검도 멀리 떨어져 있는 천류영을 보다가 묘한 미소를 지었다. 그러고는 가까워진 마물을 노려보며 말했다.

"어쨌거나 마물들은 꼴도 보기 싫습니다. 빨리 치워 버리죠."

그가 선두의 관태랑과 초지명 사이로 튀어나갔다. 수라마녀가 웃으며 그 뒤를 쫓았다.

"같이 가!"

하북팽가와 모용세가도 등장했다. 팽우종과 모용린이 선두에서 나란히 이끄는 모습으로.

혼례를 축하하러 길을 떠났다는 무적검 한추광이 그들과 함께 달려왔다.

검봉 독고설과 조전후가 이끄는 독고세가도 함성을 지르며 나타났고, 주작단의 서언은 자신이 늦었다는 것에 충격을 받고 빽! 외쳤다.

"뭡니까? 다들 이렇게 빨리 오면 안 되는 거잖습니까!"

투정 섞인 불평이지만, 모두가 웃었다. 그러고는 눈에 힘을 주고 땅을 박찼다.

심장이 거세게 뛰었다.

그들 모두는…… 삼 년 전, 정주평야에서 함께 싸운 기억을 떠올렸다. 승리했으나 결국 승전가를 부르지 못하고 눈물을 흘려야만 했던 그 전투를.

그 아팠던 기억을 이제 조금은 털어낼 수 있을 것이다. 함께 어울려 싸워 마침내 웃으며 승전가를 부를 수 있으리라.

천류영은 자신을 죽이려 달려오는 자객과 마물들을 보며 검을 치켜들었다.

그리고 고개를 들어 창공을 우러르며 중얼거렸다.

"형님, 보고 계시죠? 우리가 이렇게 하나 된 모습을."

그의 중얼거림에 낭왕과 주변의 이들이 쓴웃음을 깨물었다. 천류영은 진지한 얼굴로 말을 이었다.

"저, 잘하고 있는 거죠?"

방야철이 그런 천류영의 어깨를 부드럽게 잡았다.

"그도 기쁘게 보고 있을 거네."

"……."

"명을 내리시게."

천류영이 고개를 내려 이제 지척까지 다가온 적을 쏘아보았다. 그러고는 힘껏 외쳤다.

"전원! 공격하라!"

그의 명에 일백 호위가 함성을 질렀다.

"우와아아아아!"

그리고 제각각 거리가 다르지만 한마음으로 달려오는 이들도, 천류영의 외침에 함성으로 응수했다.

"와아아아아아아!"

천지가 진동했다.

낭왕이 먼저 땅을 박차고 튀어나갔다.

콰아아아앙!

역시 가장 선두에서 달려오던 구악의 목이 뒤로 꺾이며 나동그라졌다.

풍운이 땅을 박차더니 허공을 새처럼 날아 쇄도했다.

쩌어어어엉!

무시무시한 경공과 쾌검에 자객들이 비명도 지르지 못하고 나가떨어졌다. 그 근처에 있던 자객들이 너무 빨라 보이지도 않는 쾌검에 넋을 잃었다.

그랬다. 그것은 그들이 말로만 듣던 풍운검 풍운의 절대극쾌였다.

부우우우우웅!

초지명의 청룡극이 허공까지 베었다.

콰앙!

철강시 세 구의 허리가 동강 났다.

쇄애애액! 슈라라락! 파파파파팟!

섬마검 관태랑의 검기가 허공을 뒤덮고, 수라마녀의 채찍이 자객들의 목을 휘어 감았다. 마령검이 철강시 속으로 파고들었으며, 몽추와 파륵이 신나서 날뛰었다.

수적으로 여전히 압도적인 자객들이 마치 모래성이 파도에 쓸리듯 힘없이 무너져 내렸다.

그 순간에도 새로운 부대가 모습을 드러냈다.

"뭐야? 으아아아! 늦었다. 달려, 달리라고!"

북해빙궁의 설강이 수하들을 재촉했다.

폭혈도가 옆에서 달리는 남궁수를 보며 말했다.

"가주는 천천히 하시오. 부상이라도 입으면…… 흠흠, 소소 소저가 화낼 테니."

남궁수는 기가 찬다는 표정으로 폭혈도를 흘낏 보았다가 말했다.

"나는 아직 허락하지 않았소!"

폭혈도가 음흉하게 소리 없이 미소 지었다. 그래봤자 소용없다는 그 미소에 남궁수가 한숨을 흘렸다.

그들이 자객 부대의 허리를 파고들었다.

쩌어어엉, 쨍쨍쨍! 쨍쨍, 콰아아앙!

쇳소리, 그리고 폭음.

"으아아아악!"

비명.

"우와아아아아!"

이어지는 함성.

새로운 세상을 향한, 목숨을 건 열정.

독고설은 조전후가 달려가다가 돌부리에 걸려 넘어지는 것을 보고는 한숨을 삼켰다.

"흥분하지 말아요."

벌떡 일어난 조전후는 코피를 철철 흘리며 다시 뛰었다.

"아가씨, 내 몫이 줄어들고 있단 말입니다. 이놈들아, 내가 야차검 조전후니라!"

독고세가의 검풍대가 조전후를 바짝 따라붙으며 함성을 질렀다.

"와아아아아아!"

그들은 먼저 당도해 싸우고 있는 녹림문과 합세하며 칼을 휘둘렀다.

반면 독고설은 멈춰 서서 천류영을 찾았다.

쇄애애액! 쩡쩡, 쩡쩡쩡!

두 자객으로부터 쏟아지는 검을 완벽하게 막아내는 그의 진지한 모습이 눈에 들어왔다. 자연스럽게 입가에 걸리는 미소.

'고마워요, 나에게 와줘서.'

그녀가 발을 내디뎠다.

천류영, 그 사람이 있는 곳으로 가기 위해서.

앞으로도 그럴 것이다.

이 사람과 같은 꿈을 꾸고, 설사 그 꿈으로 가는 길이 아무리 고통스럽고 힘들어도 포기하지 않고 함께 나아갈 것이다.

그가 힘들어할 때, 내 미소가 평안을 주길.

그가 지쳤을 때, 내 어깨가 휴식이 되길.

그리고 내가 힘들고 지쳤을 때, 그도 나에게 그런 존재임을 희망해 주길.

그녀가 전장을 우회해 천류영 옆으로 들어섰다.

파라라락! 쨍쨍, 쨍쨍쨍!

천류영과 독고설의 검이 붙었다가 떨어지면서 쇄도하는 암기를 튕겨내고, 둘이 서로 빙글 돌면서 검을 막았다.

"왔어?"

천류영이 담담하게 말했다. 그녀가 대꾸했다.

"예. 다친 데 없죠?"

둘의 눈이 마주쳤다.

그와 함께 얼굴에 희미하게 번지는 미소.

둘이 함께, 그리고 모여든 모두가 함께 축제와 같은 전장으로 거침없이 나아갔다.

패왕의 별, 뒷이야기 (三)

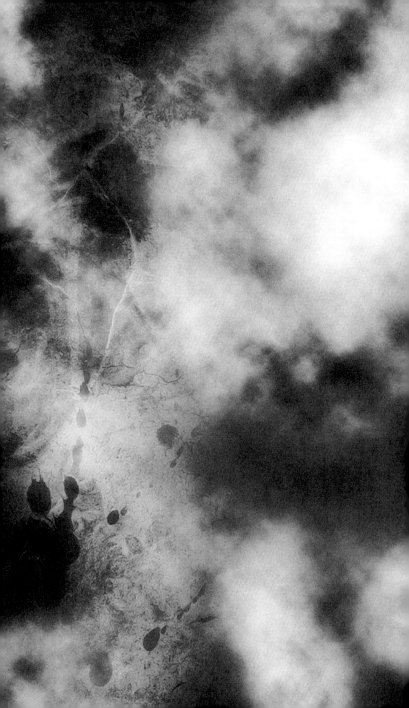

1

삼 년 전, 삼월 초하룻날.

천마검 백운회는 자신의 죽음을 받아들였다.

그리고 언제부터인지, 그는 자신이 칠흑 같은 공간에 둥둥 떠 있다는 것을 인지했다.

'이게 죽음인가?'

어느 순간 갑자기 빛이 생겨나더니, 사방이 빛으로 가득 찼다. 눈을 뜰 수는 없지만, 그 모든 것을 느낄 수 있었다. 그리고 그곳에 목소리가 있었다.

"그대에게 빛을 졌군."

백운회는 침묵했다. 당최 어느 정도인지 감조차 잡을

수 없는 시간이 흘렀고, 목소리가 다시 들려왔다.

"타락한 신과 무지몽매한 인간들로 인해 생(生)과 사(死), 그리고 이승과 저승의 경계가 희미해지고 결국 모든 것이 붕괴될 뻔했지."

"……."

"인간으로 태어나 신격(神格)을 얻은 자여, 그럼에도 불구하고 인간임을 내려놓지 못하고 인연을 찾는 최초의 이여."

백운회는 목소리가 요구하는 것을 알았다. 그냥 저절로 알게 되었다. 그리고 자신이 선택할 수 있다는 것도.

백운회는 발을 내디뎠다. 그 순간, 어마어마한 고통이 들이닥쳤다.

목소리가 울렸다. 그런데 독특하게도 이번엔 그 음성에서 감정이란 것이 느껴졌다.

당혹감.

"그런가? ……그대의 뜻을 존중하겠다."

빛이 꺼졌다. 그러자 고통만이 남았다.

백운회는 걸었다.

한 발, 한 발 내디딜 때마다 예전 배교로부터 받은 고문은 장난이었다는 생각이 들 정도의 통증을 느꼈다.

그럼에도 멈추지 않고 나아갔다.

영원처럼 느껴지는 고통. 아니, 그건 실제 영원과 같았다.

전신이 불타오르는 아픔, 온몸이 갈기갈기 찢어지는 격통.

그래도 그는 나아갔다.

시간이 의미 없는 암흑. 그 공간을 가로질렀다.

그리고 어느 순간, 지옥불 같던 고통이 사라졌다.

툭, 투툭. 투투툭!

단단한 뭔가에 균열 이는 소리가 들리고…….

쩡, 쩌어어어엉, 쩡쩡쩡!

마치 얼음이 깨지는 듯한 소리가 들렸다.

그리고 번쩍!

천마검 백운회, 그가 눈을 떴다.

*   *   *

눈이 펑펑 내리는 북해빙궁에 손님들이 찾아왔다.

삼십오 년 전.

희대의 마물인 강시왕을 무너뜨리고, 전무후무한 무림의 전성기를 연 주역들이었다.

그들은 북해빙궁의 성채 뒤에 있는 산으로 올랐고, 모

두 큰 충격을 받았다.

연통을 받은 것처럼, 정말로 천마검의 시신이 사라져 버린 것이다. 깨진 얼음 조각들만이 사방에 널려 있었다.

모두가 그랬지만, 관태랑이 특히 격노했다. 세월이 비껴간 듯한 관태랑의 잘생긴 얼굴이 슬픔과 노염으로 일그러졌다. 당최 도적이 천마검의 시신을 강탈하는 것을 어떻게 모를 수 있었는가!

그때, 얼음 조각들을 살피던 천류영이 고개를 들더니 하얗게 센 귀밑머리를 긁적이며 말했다.

"밖에서 얼음을 깬 흔적이 없습니다."

잠깐의 정적.

모두의 황망한 시선이 몰리는 가운데, 천류영이 말을 이었다.

"망치든 끌이든 도구를 사용해 얼음을 깼을 텐데, 그런 흔적이 전혀 없습니다."

폭혈도처럼 대머리가 된 마령검이 눈을 껌뻑이며 물었다.

"그, 그게 무슨 말씀이십니까?"

"말 그대로입니다. 얼음이…… 그냥 깨진 겁니다."

모두가 충격으로 얼어붙었다.

뇌리를 스치는 한 가지 가정.

그러나 그건 불가능했다.

서로 마주 보는 눈동자들이 흔들렸다.

2

해가 뉘엿뉘엿 저물어가는 저녁.

표사들은 앞을 막아선 오십 명의 복면인을 보면서 참담한 표정을 지었다.

풍문으로 들어온, 재작년부터 등장한 악마회(惡魔會)의 집행자들임이 분명했기에.

붉은 안광을 쏟아내는 특징으로 유명한 그들을 가리켜, 사람이 아니라 요괴일 것이라 추측하는 사람들이 많았다.

그 이유는 단순히 비정상적으로 막강한 힘을 지녀서가 아니라, 흡혈(吸血)을 하기 때문이었다.

사람을 죽인 다음에 피를 빨아먹는 엽기 행각을 저지르는 놈들을 도저히 사람으로 생각할 수 없었던 것이다.

어쨌든 저들이 사람이든, 혹은 정말 요괴이든 그것은 문제가 되지 않았다.

중요한 건 저들과 만난 이들은 단 한 명을 제외하고는

모조리 죽었고, 몸의 피가 모두 빨린 채 발견되었다는 점이다.

유일하게 살아남은 한 명은…… 이젠 무림에서 은퇴한 이십 년 전의 무림맹주, 낭왕 방야철. 홀로 여행을 하던 그가 우연히 그들의 살육을 목격했고, 그로 인해 저들의 특징과 습성이 세상에 알려지게 된 것이다.

당시 복면인은 열 명이었는데, 절대고수인 낭왕이 채 절반 밖에 꺾지 못하고 물러설 수밖에 없었다는 사실에 무림이 충격에 빠졌다.

무림맹은 즉각 추적단을 구성했지만 놈들이 워낙 신출 귀몰한지라 흔적을 찾지 못하고 있었는데, 그 괴물들이 자신들 앞에 떡하니 등장한 것이다.

"저놈들…… 악마회 맞지?"

선두에 있는 초로의 표두가 침을 꿀꺽 삼키며 물었다. 딱히 뒤에 있는 수하 표사들에게 대답을 원한 것은 아니었다. 그저 얼어붙어 입조차 벙긋 못하는 스스로가 초라해서 내뱉은 말이었다.

앞을 막아선 이들 중 가장 선두에 있는 복면인이 스산하게 웃었다.

"크크크큭."

그러자 다른 복면인들도 어깨를 들썩이며 낮게 웃었다.

"크크크큭."

표두는 그들의 소름 끼치는 웃음소리에 진저리를 치면서 중얼거렸다.

"밤에만 움직인다더니, 사실이 아니었네."

땅거미가 지고 있었지만 아직 태양이 사라진 건 아니었다. 표두는 뒤를 흘낏 돌아보았다. 자신처럼 얼어붙어 있는 표사와 쟁자수들.

단지 흉흉한 저들의 소문 때문에 긴장한 건 아니었다. 자신처럼 수하들도 저들이 뿜어내는 거대한 살기에 짓눌려 버린 것이다.

그랬다.

이런 살기는 평생 처음이었다. 오줌을 지리지 않은 것이 천만다행일 정도로 어마어마한 살기.

전신을 짓누르는 것을 넘어 숨 쉬는 것조차 힘겨웠다.

절대고수이신 낭왕께서 고작 다섯 놈을 해치운 것이 한계였다는 고백을 했다던데, 그것이 헛소문이 아니란 걸 실감했다.

어쨌든 저항이라도 해야겠는데, 발검하라는 말조차 나오지 않았다.

저벅, 저벅, 저벅.

복면인들이 여유롭게 걸어왔다.

표두는 입술을 깨물었다. 도망이라도 쳐야 하는데, 다리가 후들거렸다.

저벅, 저벅, 저벅.

'결국 이렇게 죽는구나' 라는 생각이 들었다. 표행의 우두머리이자 최고수인 자신도 이럴진대, 수하들이야 오죽하겠는가.

표사와 쟁자수들 중 일부가 털썩 주저앉는 소리가 들렸다.

표두는 어금니를 악물고 '공격하라!' 혹은 '막아라!' 라고 외치기 위해 안간힘을 썼다. 그러나 덜덜 떨리는 몸보다 더 무너진 의지는 그것마저 허락하지 않았다.

복면인들과의 거리 이제 불과 오륙 장.

그때였다.

"뭐 해요? 싸워야죠!"

아직 앳된 느낌이 가시지 않은 여인의 목소리가 허공을 울렸다. 그에 복면인들의 붉은 눈이 일제히 그 여인을 향했다.

자신들, 그것도 무려 오십 명이 흘려내는 그 기운에 맞서 소리를 지른 자가 여인이라니.

그것도 고작 스물 즈음으로 보였다.

복면인들의 눈에 이채가 스쳤다.

창!

표두 뒤로 열 걸음 정도 떨어져 있던 그녀가 발검하며 다시 외쳤다.

"이 도적들아! 하늘이 무섭지도 않느냐!"

그녀의 용기에 얼어 있던 표사들이 깨어났다. 동시에 하늘이 무섭지도 않느냐는 고리타분한 말에 피식 실소까지 나왔다.

창, 창, 차아아아앙!

서른이 조금 넘는 표사들이 일제히 검을 뽑아 들었다. 그 순간, 복면인 중 하나가 땅을 발로 툭, 찼다.

파앗!

그의 신형이 연기처럼 꺼지더니, 가장 선두에 있던 표두 앞에 나타났다. 그 빠름이 벼락과 같았다.

"킄!"

표두는 자신의 목을 움켜쥔 복면인의 붉은 눈을 보며 절망했다.

자신의 능력으로는 상상도 할 수 없는 힘과 속도.

힘이 스르륵 빠진 손에서 검이 땅으로 떨어졌다.

표두의 목을 손으로 움켜쥔 복면인은 여인을 보았다. 마치 이런 힘을 보고도 발악할 수 있겠냐는 듯이.

여인은 침을 꼴깍 삼키고 단호하게 외쳤다.

"표두님을 놓아라!"

그러나 그녀의 전신은 이미 통제를 벗어나 부들부들 떨리고 있었다.

복면인은 표두의 목을 움켜쥔 채 여인을 향해 발을 내디뎠다.

그 순간, 복면인의 팔이 잘라져 떨어졌다.

"어?"

복면인이 처음으로 말을 했다.

잘린 팔에서 붉은 피가 콸콸 쏟아졌고, 그는 급히 고개를 돌렸다. 그러고는 보았다.

앞으로 쏟아지는 한 줄기 선을.

서걱.

복면인의 목이 잘리며, 그의 몸뚱이가 허물어졌다.

오십, 아니, 이젠 마흔아홉의 복면인이 그제야 한 사내를 주시했다.

이곳에 저런 사내가 있었던가?

그들은 고개를 갸웃거렸다.

그건 표사와 쟁자수들도 마찬가지였다.

저 사람은 누구지?

아니, 저런 사람이 일행 중에 있었나?

여인도 같은 생각을 했다.

그때, 그 사내가 고개를 돌려 여인을 보았다.

눈과 눈이 마주치자 사내가 하얗게 미소 지었다.

여인은 그를 보면서 '참 잘 생겼구나' 라는 생각을 했다. 사실 이런 생각을 할 상황이 아닌 데도 불구하고.

그리고 그의 미소와 그의 오른쪽 뺨에 있는 검상을 보면서…… 자신도 모르게 눈물이 뺨을 타고 흘러내렸다.

"어? 내, 내가 왜 울지?"

그녀는 눈물을 흘리는 자신이 당황스러웠다.

사내가 격동에 찬 눈빛과 하얀 미소로 말했다.

"결국 만났구나."

"……?"

"아름답구나. 내가 생각한 그대로의 모습이야."

"저…… 저를 아세요?"

"보고 싶었다, 하연."

여인은 자꾸만 흘러내리는 눈물을 닦으며 대꾸했다.

"죄송한데, 사람 잘못 보셨어요. 흑흑. 아, 왜 자꾸 눈물이 나지? 저는 아연이에요. 이아연."

"그런가? 후후후."

사내는 고개를 끄덕이며 다시 웃었다.

그렇게 둘이 이상한 대화를 나누는데도 복면인들은 꼼짝을 하지 않았다. 아니, 정확히 말하면 움직일 수가 없었다. 마치 그러면 큰일 날 것 같다는 본능이 그들의 발목을 잡고 있는 것이다.

그러나 결국 일부가 움직였다.

파파파팟!

네 복면인이 땅을 차더니, 역시나 눈으로 쫓기도 어려운 속도로 사내를 향해 짓쳐 들었다.

하연, 아니, 아연이 빽! 외쳤다.

"헉! 조심!"

슈가가각!

네 개의 검이 사내를 찢는 듯했다. 그러나 어처구니없게도 그들의 검은 사내의 몸을 뚫기 직전에 멈췄다.

쿵, 쿵쿵쿵!

쓰러지는 네 복면인의 이마에 무엇으로 했는지 모를 구멍이 뚫려 있었다.

아연을 포함한 표사와 쟁자수들이 제 눈을 의심했다. 반면 이제 복면인들이 얼어붙었다. 그러나 그것도 잠시. 그들의 붉은 눈이 살기로 가득 찼다.

사내는 아연을 보며 싱그럽게 웃고 말했다.

"날 걱정해 준 건가?"

그녀는 멍한 표정으로 그를 보았다.

"누, 누구세요?"

세상에 이렇게 강한 사람이 있다니!

표사들도 어쩌면 살 수 있겠다는 희망을 되찾으며 쥐고 있던 검을 불끈 고쳐 잡았다.

순간, 남은 마흔다섯의 복면인이 땅을 박찼다.

쇄애애애액.

거센 파공성.

복면인들의 검에서 무수한 강기가 뿜어져 나왔다. 당장에라도 그 강기들이 사내를 삼켜 버릴 것 같은데, 정작 그는 태연하게 그녀의 물음에 답했다. 여전히 하얀 미소로 바라보며.

"나, 천마검 백운회야!"

그가 돌아서 검을 휘두르자 전면의 허공이 갈가리 찢겨졌다.

〈『패왕의 별』完〉

세상의 모든 장르소설

B북스

장르소설 전용 앱 'B북스' 오픈!

남자들을 위한 **판타지 & 무협,**
여자들을 위한 **로맨스 & BL**까지!

구글 플레이에서 **B북스**를 다운 받으시고, 메일 주소로 간편하게 회원 가입하시
아이폰 유저는 **B북스 모바일 웹**에서 앱 화면과 똑같이 이용하실 수 있습니다.

http://www.b-books.co.kr

이제 스마트폰에서 B북스로 장르소설을 편리하게 즐기세요.